你要　学会自己走　Wend your way across the life by self

少年路不回头

进宝 作品

Being young

No Regrets

中国友谊出版公司

图书在版编目（CIP）数据

少年路，不回头 / 进宝著 . — 北京 : 中国友谊出版公司 , 2016.7

ISBN 978-7-5057-3740-2

Ⅰ . ①少… Ⅱ . ①进… Ⅲ . ①随笔 - 作品集 - 中国 - 当代 Ⅳ . ① I267.1

中国版本图书馆 CIP 数据核字 (2016) 第 113941 号

书名 **少年路，不回头**
作者 进宝
出版 中国友谊出版公司
发行 中国友谊出版公司
经销 新华书店
印刷 小森印刷（北京）有限公司
规格 880 × 1230 毫米　32 开
7.75 印张　169 千字
版次 2016 年 7 月第 1 版
印次 2016 年 7 月第 1 次印刷
书号 978-7-5057-3740-2
定价 39.80 元
地址 北京市朝阳区西坝河南里 17 号楼
邮编 100028
电话 （010）64668676

那些承诺过要跟你一起看的灯火，那些承诺过要跟你一起走的路。

我都已经自己一个人走过了。

生活曾予我们以利刃，可我们偏偏要将那寒光变成前进的灯盏

——我不是盆栽啊 豆瓣阅读签约作者

序

刚认识进宝的时候，他还是个猫一样的高中男孩。穿洁白的衬衫，笑起来酒窝会一起陷下去，谈甜甜糯糯的恋爱然后受伤，被困在匪夷所思的地方不知所措。喜欢他因为曾喜欢他天真懵懂，带着最新鲜的傲气与最狡黠的好奇活在世上。

可是大概因为是鸟，羽翼不肯被收进肩胛，它们挣扎着想要呼吸与翱翔，所以不会安于笼中的狭小一隅。

那时我就觉得，他不会是被困在一座北方小城的那一个。

他是辞藻绚烂的一段诗，并不该存在于任何粗糙潦草的语境。

2013年，这个小弟弟给我写邮件，说自己准备要申请国外的学校，所以退学了。

他说他不敢回家租了公寓一边打工一边查资料写申请。

他说他卖掉单反凑钱，最惨的时候睡过机场。

他说他在混乱的夜场上班，抽空还要看一眼英文单词。

他说，姐姐我坚持不下去了。

可是啊宝贝，你温柔又真诚，你嚣张又桀骜。你是披荆斩棘的勇士，却不再是为了拯救困于高塔的公主，而只是为了站在生活这只巨龙面前，直视它血红的眼眸与它决一死战。

我知道你倔强勇敢假装不在乎输赢。我也知道你会赢。

而彼时的我也一样曾有一颗敏感脆弱的心，也曾因为世间我所不能理解的狼狈繁杂而恐惧。

是他曾给我勇气。

于是目睹这个柔软的小孩像破茧的燕尾蝶，挣脱一切冗杂的束缚，血液流进翅膀的脉络。

他开始去看最光怪陆离的风景，走遍世界每一个角落。

他还是会写长长短短的句子，却未曾因生活的曲折而有怨言，相反他那么挺拔又骄傲。

也开始有人羡慕他的生活，觉得他是坚强勇敢百毒不侵的钢铁小怪物。也许他有了铠甲与武器，不会再轻易向生活低头认输，可是我却明白，他还是那个可爱天真的小孩，未忘初心才得以从容前行。

黑色的翅膀闪着光，柔软却能飞到最远的地方。

III

他好像总是活在最畅快淋漓的剧本里，快意恩仇嬉笑怒骂，每一个情节都跌宕起伏，字里行间都是蓬勃的无忧无惧。我曾旁观过的那些属于他的故事，如同这个巨大的时代里每一个小小的我们的故事一样，也许只是宇宙的须臾与惊鸿，但是却在属于我们自己的时光里荡气回肠。

他也同每一个这个年纪的小孩一样，会有犹豫彷徨，会因父亲转身后日益苍老的背影怅然，会在背井离乡的远方收养一只瘦小的、同样需要陪伴与爱的流浪猫。

懵懂却赤诚热烈的爱意，走在城市中被淹没与吞噬的无力，漂泊流浪的自由与寂寞……他的故事就是我的故事。

这些故事就好像麦田里的守望者，站在二十一岁的悬崖上，将每一个迷途的孩子送回山脚。

他的故事也一定曾是、或将会是你的故事。

喜欢他也因为喜欢他迎风而行，不曾因暴雨雷电而放慢脚步。

这样写来好像也并没有多久，寥寥几年却仿若隔世。可是大概这就是青春的意义，从欢乐中告别，从悲伤中复原，遇见谁离开谁，那些以为会念念不忘的都渐渐褪色，新的情节却又在毫无防备之时接踵而来——在二十几岁的年纪没有人能够幸免。

我们都是一只只在飓风与怒浪中挣扎航行的小船，并没有目的地却还在奋力前进只要心里集中，只为去路过一场极光、追赶一次日落、在短暂泊岸的港口去爱几个人。有那些分不清是泪水还是海水的时刻，也

Ⅳ

曾在暴雨中恣意欢笑、纵身潜入深海去触摸庞大的鲸鳍。我们瞥见彼此的一叶白帆，或许不能靠近，但是因知道这段路上有人同行而安心。

于是今夜并不饮酒，只燃一豆烛火。夜幕上挂了明月，难得天高海阔。

听他再讲一次那些轰轰烈烈的故事，在彻底告别与忘却之前。

你听啊，那也是属于你的年少，有海浪阵阵也有人鱼歌唱，有最尖锐的犬齿与最温顺的睫毛。

就让风将它们带走，就让它们与夜色一同黯淡，就将所有惨淡与炽烈通通抹平再藏于深海。

庆幸我们相识于彼此惨绿的岁月， 在最为颠簸与坎坷的路上曾经并肩。也是因为透过那些乌云密布的夜晚，才得以瞥得彼此最为剔透的眼神。

我们都要活成最美的姿态，才对得起来路上被猛兽鬼怪撕破衣衫的艰难。

生活曾予我们以利刃，可我们偏偏要将那寒光变成前进的灯盏。

——我不是盆栽啊

我再也不会被你口中描述的天地所震撼，

因为天地已在我心中。

目　录　　Contents

PART 1.

是谁发明的，留学这么孤独的事儿啊

我是一尾游弋在浅滩的墨鱼，在斯坦利公园的海墙步道顺波逐流，覆盖在泥沙之下。我俯身在海的另一边，看着离岛的羊群沿着山崖一路往下，啃食着稀落的草地。我颤颤巍巍，从远方望去，似乎就要随着凄厉的海风掉到深海里去。

Contents 目 录

PART 2.

你拿刀我执剑，敢把背后的敌人交给对方

我最喜欢的故事就是英雄末路的最后一击，是练剑学成的出师一战，是拥抱过后不顾艰险的真爱，是再见之后永不重逢的告别。

目　录　　Contents

PART 3.

春风十里，不如前任暴毙

十七岁的失恋跟十七岁的谈恋爱好像一样剧情单纯，当事人以为自己的故事很壮烈，观众看起来不过如此。

Contents 目录

PART 4.

送你一颗原子弹

旧情人不应再见，老船票不该翻新。当年没有登上你这艘破船的我现在可能在坐飞机，而我如果那时拼命爬上你这艘漏水的泰坦尼克，举案风雨齐眉平淡，经历冒险经历受伤，划过千层冰川，看破万丈海浪。最后，死了。

后记

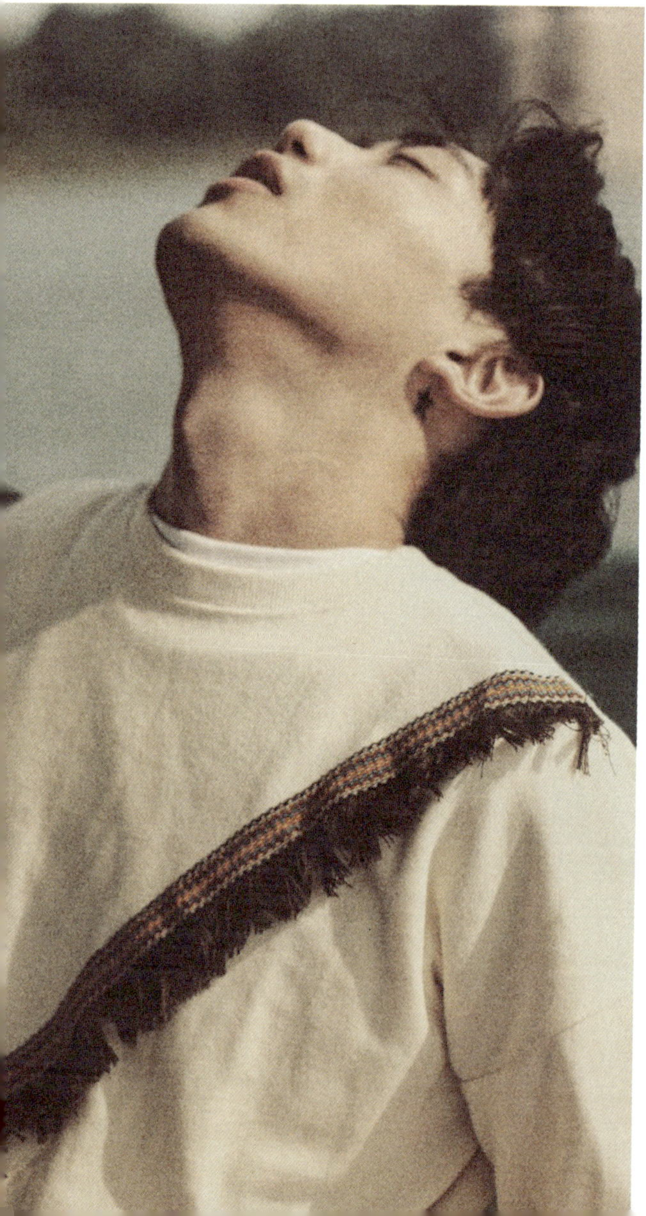

PART 1.

是谁发明的，留学这么孤独的事儿啊

我是一尾游弋在浅滩的墨鱼，在斯坦利公园的海墙步道顺波逐流，覆盖在泥沙之下。我俯身在海的另一边，看着离岛的羊群沿着山崖一路往下，啃食着稀落的草地。我颤颤巍巍，从远方望去，似乎就要随着凄厉的海风掉到深海里去。

002

你为什么不自己去看东京铁塔

第一次知道“东京”这个词，缘于一部老旧的电视剧，《东京爱情故事》。

偶像剧的鼻祖，纯爱戏的师奶。青葱年少时，就为永尾完治和赤名莉香的爱情感动得涕泪横流，连带东京在我心中，也变成了个爱情的圣地。

彼时就傻乎乎地以为，相爱的人就得去东京朝圣。好比穆斯林一定得去麦加，佛教徒一定得去拉萨一样。

第一个爱上的人，在我MSN里的备注名就是——赤名莉香。

003

何其有幸，在我十几岁的年纪遇上了她。在电影女主角一边落泪一边狼吞虎咽地吃烤鸭时，我和她接了吻。我红着眼睛盯着她看，全身粉成了一只出了锅的应季阳澄湖大闸蟹。当时我脑子一热，红着脸，结结巴巴地说，我一定要带你去东京，看东京铁塔。

这个词似乎有特殊的魔咒，比民政局的一纸结婚证书还管用。有了它，人心即可不坏，爱情便可不朽。她慢慢把脸挪开，嘴角微微一抖，浅笑着说，好啊。

2013年的夏天，我在日本和歌山大学做交换生。周末，自己背着双肩包就来到了东京。曾经在脑海里幻想过无数次的，和身边的朋友念叨了无数次的，非和你一同去看不可的东京铁塔，真的，不过如此——不把过多的爱和期望放诸他人身上，是我在爱里学到的最重要的一课。没有人会永远爱你，与其过分期许与等待，不如自己爱自己。

我的初恋。

那会儿她下课给我传纸条，放学陪我回家，生日送我礼物，跟我从诗词歌赋聊到人生哲学。我是真的特别喜欢她，想起她就像偷藏了一块糖。那会儿我们放学一起回家，趁着没有人的时候牵手，在她家楼道里偷偷接吻。我害羞得抬不起头，眼球四周瞎转，就不敢看向早恋故事里的另一个主角。已经沸水冒泡壶嘴吐气壶盖冲起，心里的小人更是尖叫蹦跳激动地冲去报名马拉松。早晨醒来想起她，都觉得今天是阳光明媚的星期六。

高三她要去加拿大。彼时我根本不知道出国读书是什么概念，也没钱可以携巨款陪她去资本主义烧。

我在机场哭哭啼啼地说分手。当时我想吓吓她，说，既然你离得那么远，不如咱们分手吧。我本以为，她下一秒便要扑上来紧紧抱住我，告诉我说，她是如此爱我，她不走了，我们永远不分开。可是她看了我一眼，抬手擦干了眼角的泪痕，冷静地说，好的，我们分手吧。最后一次逼问她那些已经问了三千多遍的问题，却依然得不到我想要的答案的时候，我只能完全失控地大哭。

像所有狗血故事里的前任一样，在提出分手后的下一秒钟，我就后悔了。在她刚到加拿大的那一个月里，我无数次地丢掉自尊心，求她原谅我的无心之失一时口快，祈求与她破镜重圆。我不知道在爱情面前自己可以这样的卑微，可是她怎么也不愿意和好。我因着那一点点人潮汹涌的回忆，那一点点自命不凡的高傲，那一点点不愿认命的自私，忍受不了下一段路程的孤独，所以狠狠地抓住不放。直到把所剩的美好回忆都糟践成难看的曾经。

其实啊，所谓爱情，不过是一句平和与安宁，哪里会有这样那样狗血式的拯救。说白了只是她不爱你了啊。他人的不爱不是言语，而是行动。抑或说人爱前程永远胜过爱你，从此没有身后事，只有眼前路。

东京亦是如此。我觉得那铁塔是如此一般，若真带至爱来看了，怕是会尴尬。东京的好风景多的是，没有东京塔，还有天空树——这个世界上，原本就没什么是不可取代的。就像永尾完治和赤名莉香，再如何天雷地火，最终还不是以分手告终。

当我发觉早已没有人依靠，看世界的窗口反而大起来。我默默地健身，读书，出国，实习。

不再发冷时盼望暖手，卧病时吞咽菜羹粥。不再分别后痴等问候，走不下去咬咬牙也熬到胡同口。望着繁华的霓虹夜景，数着度过的春夏秋冬。想起那些时而现时而灭的目标和信仰。在夜里醒来直勾勾地望着天花板。年龄越大，怀里拥有的越少。

多年以后，我阴差阳错地来到了温哥华。

在我的印象中加拿大是多雨的。手中需要常拿一把伞。我在朋友圈象征性地上传了几张照片。说“STANLEY PARK很美，也很大气。基本上大一点的景点都跑了个遍，除了比较偏远的地方，没有时间去。搭BIG BUS还是很划算的，酒店还给了优惠券。因为看过更美的风景，觉得城市里的风景大同小异。也许多伦多会好玩些”。

老友看到我的微信定位问道：“嘿，你记得吗，某某某也在加拿大。”

006

经朋友提及，我才想起来。哦，原来她也在这里，可是这和我有什么关系呢？

《春光乍泄》里，梁朝伟和张国荣相约去看看南美洲大瀑布。他们在布宜诺斯艾利斯迷了路。黎耀辉想安下心来过日子，无奈何宝荣于夜夜笙歌中放纵着自己的生命，以期找寻更多的刺激，只当黎耀辉是他受伤后的港湾，两人争吵越来越多，心的距离越来越远。

既不见得救赎，也不见得沉沦。生活不过如此而已。然而，香港的灯火比布宜诺斯艾利斯更为辉煌，可以一个人坐在公交车的最后，拥有一整幅大玻璃，拥有一路辉煌的灯火。可以从此不再想念瀑布。

那些承诺过要跟你一起看的灯火，那些承诺过要跟你一起走的路。我都已经自己一个人走过了。

我再也不会被你口中描述的天地所震撼，

因为天地已在我心中。

007

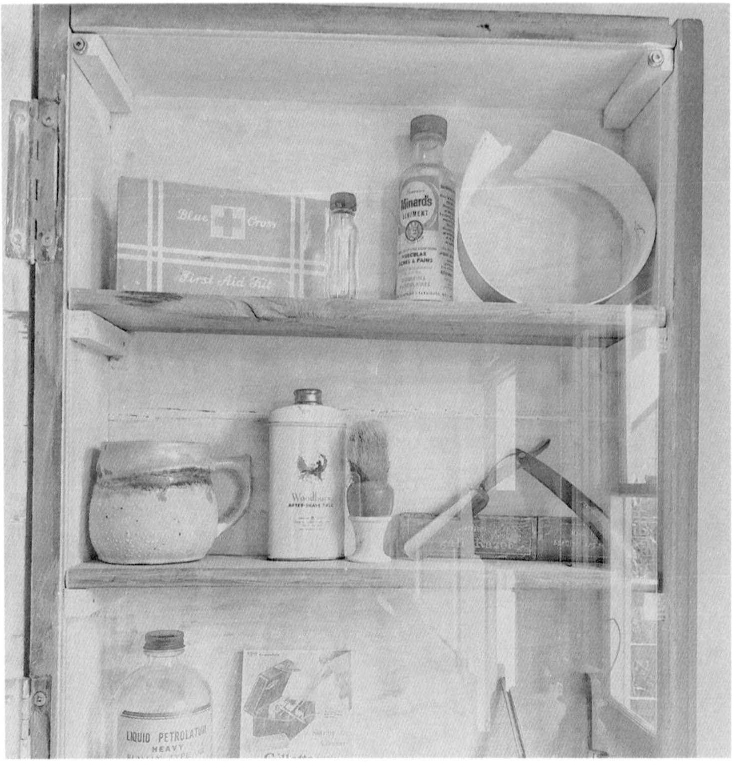

每个略微超过常人细腻程度的人，都在战战兢兢不知所措地活着，最后用尽全身力气也不一定能得到普通的生活。

010

我辍学这件事儿

1.

我瞒着家人辍过学这件事儿一点也不新鲜，其实最落魄的时候睡过机场。

每个人都应该有一个记录自己恐怖本性和古怪想法的日记本，写满自己与那些在白天需要微笑面对的人的真实矛盾，这些思想过程就像是罪犯为自己收集的证据，字字可用来量刑。它可以默默放在抽屉里，随时烧掉也不可惜。

我不甘心自己这样平庸，应该是我不想活得和别人一样。量变是质变的必要前提，质变是量变的必然结果。付出和回报都是成正比的，所以我特烦那种干坐那儿等馅饼又丧心病狂叫着饿的人。

说白了就是我突然不想念了。

2.
有几个瞬间我无比嫌弃曾经的那个自己。

高三的我，一天里有大把时间偷偷泡在网上刷微博，马马虎虎粗心大意，做作而不认真，无聊无知且精力充沛，没有安全感，什么事都被淡然回复，成了浅薄又虚荣的drama queen。如果给自己列缺点，我简直可以写一本名为《这就是一个不折不扣的矫情大傻子》的长篇小说。太多的事情都特别后知后觉，事件当下理直气壮，直到尴尬地开始回忆那一刻，才终于弄懂了自己的浅薄与虚浮。

高考前的4月省质检，我坐在阳台两眼放空看着远方抽了根烟逃掉一整个下午的数学课去看电影。5月模拟，我翻了个身吃零食翻杂志。6月高考，我噌的一下坐起来。从床上跳下来赤脚跑到大厅里把书包掼到肩膀上又窝回床铺拉开袋子把里面东西都倒出来，六本政治必修背了两本就去高考了。如果我妈知道我6月7日前一天的晚上还缩在被窝里玩手机，她一定会拎起拖鞋就砸在我脸上。

结果当然是考不好。二本出头，这种不尴不尬的分数，好的去不了差的不想去，选来选去只能被吐槽。每天琢磨着这点分数能够上哪些哪怕稍微好那么一点点的学校，最后勉勉强强报了提前批上了一所离家十万八千里远的吉林师范，由着自己的性子念了中文系。

填志愿的时候脑子进的水就是你读大学的时候比别人多流的汗和泪。不好好学习的后果就是这样。还没有进入这个屌丝大学的我已经在新生群里看到自己仿佛被一群刘海把眼睛盖掉戴着红的黄的蓝的绿的美瞳的不明生物团团围住大声地用手机外放“苍茫的天涯是我的爱 / 一路边走边唱才是最痛快 / 爱情不是你想买想买就能买 / 只为和你守候那皎白月光”。

大概没有一个人比我上大学更辛苦了，我需要先从福建坐飞机到天津然后再从天津坐高铁到沈阳最后坐客运到我的学校，有时候真是不敢相信自己昨天还在维也纳切牛排今天就已经坐着一辆唱着“爱你思密达恨你思密达”的客运汽车去农村上学。

3.

起初以为这个学校和它的名字一样在吉林，其实它在一个叫作四平的地方。说白了吧四平就是一个城乡接合部，全市只有一个屈臣氏和一个肯德基，总是刮大风吹起阵阵尘埃，我在东北见识到这辈子没有见过的大雪，北风呼呼往你脸上糊过来分分钟换发型，空气太干燥了南方人简直必死。寝室漏水，油头垢面的室友每天在寝室里抽烟。

013

我用整个大学一年级的时光来弥补我在九年义务教育里损失掉的娱乐和休闲时光。我军训了十五天，走马观花似的换了一个寝室参加了数不清的系里院里各种活动比赛。好像上了大学之后就是不断地忙忙碌碌，就算这样，心里还是空空的不知道怎么办。专业课总是不爱听，塞着耳机坐在班级最后一排。早课起不来上，对着学委卖卖萌就把名字划掉了，老师点名的时候永远有人帮我喊到。

因为我不爱搭理同届的新生，学长学姐也愿意拉着我一起玩。即使现在相隔千里，我始终感谢他们，我在东北的每一个朋友。也许北方与南方解决问题的方式不同，师范女生多，女生多的地方是非就多。一天我们小团体里的学长被社会上的人找到学校揍进医院了，我在边上也差点被揍，那晚我们正坐在一起商量晚上要去哪里玩，过来一群人问我们中谁认识某某某。学长立刻护住我说："他什么都不知道。你们有什么事情和我说。"

我当时吓傻了，只记得他们拿一碗滚烫的砂锅就直接往他头上砸。
晚上从医院回来整张脸肿了一半。耳朵有一截皮肤像被某个钝器割去了一样，留下歪歪斜斜参差不齐的边缘。有些地方结了水疱，有的地方还直接揭示出鲜红的血肉，颤颤巍巍的像深圳机场上无数的洞孔，在威胁我的心脏。

我终于意识到大学时期的经历以及周围的环境是很重要的了。打交道的人对自己的影响更是不可估量。生活归根结底是指向实用，读大学是为了给自己谋求一个有用的职业。四年时间花在自己不喜欢的地方读着一个这样尴尬的专业，心理压力不说，自己的前途怎么办？我突然觉得自己的一辈子不能就这样过去了。

4.

我还记得高考完了，所有人问我报的什么专业啊，一听说中文系都纷纷摇头：这以后找什么工作啊，感觉这个专业已经决定了未来的我是个不切实际爱幻想的穷逼。

我不知道在这样一个普普通通的师范读中文出来以后除了做语文老师以外还可以干什么，耗费四年青春，经过无数职称考试，最后走上三尺讲台：教得好你应该的，教不好被家长们戳着脊梁骂。起初会觉得学中文浪漫而有趣，可是汉语言文学真是一个庞大的体系，好多古文类、教育类的课程我真的一点都不喜欢。现在我真的不知道上课除了把指甲剪得更平整之外这大半年还学着了什么。比起和一群学生会的同学小打小闹过家家，我真心更愿意再回到高三和大家一起竞争，这明摆着在完完全全浪费我的时间。

我成年了，可以自己做出人生第一个重要决定了。我想辍学，我想出国。

015

所以从起初不知所措地哭鼻子到现在带着二百五精神往自己要的方向收拾行李破釜沉舟说走就走。学校不让办休学，我就自己买了一张机票逃到厦门。然后因为没钱住酒店在高崎机场睡了一晚，最后坐了七个小时的硬座回到家浑身的骨头都要断掉。

我用我的年轻承担着所有的不理智，带着全部家当，背水一战。

现在回想起来最不忍的是我走的那天，和朝夕相处了一年的伙伴离别。东北人都是实心眼的小天使，真把你当朋友你有什么困难都是一句话的事儿。我恨透了这个学校，却爱这个地方的每一个人，中文系这个大家庭，在火车站来送我走的大一的大二的大三的加上我全部哭成了傻逼。那些散落天涯的花儿们啊，你们还好吗？

我不太敢和认识的人说我跑路了。我是被打大的孩子，我没有告诉我神经质的父亲，我怕他会狠狠打我一顿，或者报警。我有多努力。我怕他们说我自不量力我怕他们骂我傻逼。好像一夜之间长大了，回到家自己租房自己煮饭。趁着爸爸去上班拿着钥匙溜回家偷户口本，面对各种办证、登记、缴费等一切杂事非常淡定。生活方面自理能力瞬间满格，完全自己照顾自己。不在乎吃什么吃饱就行。坚信自己的选择是对的，鼓起勇气咬着牙把它走下去。

在国内的那一段时间大学给我最宝贵的经历其实是：以家庭条件差为理

由，抱怨自己得不到好的教育是不充分的。只要家庭没有拖累你，就已经仁至义尽了。我曾有同学父亲工伤瘫痪在家，母亲辞职在家照顾，只靠一点抚恤金过日子，也照样本科硕士都念下来的。很多时候，家庭条件差反而是激励你前进的重要支撑。

我在大学城的前面租了一个房间。那段时光真是自己这辈子最冷静踏实的时光，完完全全静下心来只为了一个目标努力。

我们家对面有个洗浴中心叫水�涧。声色境地，花天酒地，是得到钱的最快的方法。

一楼二楼正常按摩，三楼是情色场所。我没有学历傍身，又想在短期之内找到工作，在我们那样一个三线城市要想得到一份薪水不错的工作，最后只能在鸡店做前台。算钟，给客人安排小姐。入夜了去一楼洗碗，在洗碗池上面贴便利贴背单词，背到吐，吐了哭。

算计着怎样最便宜地过完一星期，每天只吃两个鸡蛋，我给盆栽发邮件说，我快要坚持不下去了我快饿死了。她说每个略微超过常人细腻程度的人，都在战战兢兢不知所措地活着，最后用尽全身力气也不一定能得到普通的生活。

高中成绩证明、高中毕业证明、无犯罪记录证明、教授推荐书、语言成绩，为了凑齐这些东西我每天灰头土脸一趟一趟地往学校往公证处往新东方跑。

我真的是一个非常不安分的人，总之死都要死出去，当时的心里就是这样想的。

我觉得吧，年少而得以远游、出国是一件无比幸运的事情。人的素质、涵养、判断事物的依据、接纳他人的准则，大多出于眼界。行万里路的目的除了游览名山大川之外，更重要的是见识这个世界上各种不同的人，形形色色的文化。见识他们不同的待人接物的方式，并学会尊重和处理这种不同。

5.

三个月后我拿着打印好的两个学校的录取通知书回家，父亲看到我这样瘦，都惊呆了。

直到后来的后来，不管我去了什么国家，在哪个学校读书，我都感激自己身上有过这样一段的向上感、正面的力量，感谢自己有过破土而出的冲劲儿，有翻盘的斗志和看起来要冲杀的样子。对于出国读书，如果真的经费不允许，可以申请全制奖学金可以先工作凑够学费。我只是想说，如果你要去的是远方，想要做什么，你就去，你就做。你想要生活是怎样的，生活就是怎么样的。

也不是说出了个国就镀金了未来的路能有多好走，但是我觉得我这种人格中缺少自控力的小孩儿就应该每周是十几个quiz，几个exam，几个assignments，critique地逼自己学点东西。即使什么都学不到，我还学到了英语。《中国合伙人》里口口声声为了尊严而活着的男主角，到头来尊严也只是在别人的嘴里和眼中，他知道自己为什么而活着，不过是被马蒂尔德的项链锁住了喉咙。

其实郭敬明才是中国梦的典范——从小县城的小青年，到畅销作家，到文化传播公司的董事，再到出版人跟导演，他明明白白地说他爱钱喜欢名牌，然后拼命地得到钱买名牌。这有什么不好？努力有什么不好？

我也要买名牌。

019

如果你要去的是远方，想要做什么，你就去，你就做。

你想要生活是怎样的，生活就是怎么样的。

Only
Monday - Friday
6am - 6pm
Monday
Thursday
Midnight - 3am
162
VAN DYKE ST
Steve's Authentic
KEY LIME PIE
Always Fresh Squeezed
TURN LEFT HERE.
Drive to the end of Van Dyke.

泡在福尔马林里的温哥华

「大寒」

冬天的时候，我从维多利亚搬到西温，住在一个老旧的公寓里。华人房东经营着一家照相馆。老相馆的橱窗摆满了旧款式的照相器材，狭小的柜台进去是简陋的、专门供人拍摄人像的摄影棚。那里处理过许多移民和劳工的政治庇护和签证蓝白底相片。

打工回到家需要经过一段黑黝黝、没有路灯的小巷。半夜总是有醉汉大声唱起不知语言的奇怪流行歌，夜里起风的时候，一起混合着歌声吹进我的窗户，吹得失眠的被窝砰砰作响。那是一个漫长的冬天，白天几乎看不到阳光，一到夜里，没有暖气的房间冷得像一个冰窖。

我惧怕冬天，冬天像一个残忍的绝不手软的剪辑师，把温柔的时光剪碎。我害怕自己被多年异乡的劳动压垮了躯体，过早地成为一个奔波在中国城里毫不起眼的华人。

《琥珀之城》里刘瑜写在剑桥那座古老的城里她缓慢的、阴郁的和沉闷的生活，她说，“始终无法适应的，就是漫长而幽寂的冬天，熬，像16世纪的航海家熬过大西洋一样的冬天”。

我合上书，坐在书桌前麻木地打着论文，手指僵硬，脑子也僵硬。

「惊蛰」

扁桃体跟春天约好了的。她一来，他就涨圆了脸，按时发炎。我的扁桃体总是在春天发炎，小时候春天都是医院福尔马林味的，成年了还是一样。

期中考前扁桃体发炎并发烧了。发着烧熬了几个晚上，咳嗽咳到耳鸣。晕乎乎地敲键盘像在弹棉花，掂量不出轻重。好难过，病了还要写作业，马不停蹄地写作业。我对自己说，以后一定要很有钱啊，马不停蹄地有钱。

我讨厌生病，那股自哀自怨，卧病在床的样子。你仿佛可以从自己稀薄的呼吸、油腻腻的头发和肮脏的枕巾上闻到身体衰败的酸腐气息。睡过头两节课后，朋友终于敲开门看见倒在床上的我。

医院里全是福尔马林的味道。空调冷得我一激灵。恍惚间我好像回到小时候那个任由我奔跑的地方，穿着白大褂的父亲，天不怕地不怕钻进手术室的我，红色纸风车和打完针得到的糖果。做了简单的检查，医生建议切除扁桃体。我说不了，晚上我还有课。配了一点药，然后就往学校赶。走出医院，看到街边的路灯一点一点地亮起来。

我不停地搬家和离开，为了忘记一个影子宁愿选择陌生的生活，却又有意无意地在每一个陌生细节中寻找这个熟悉的影子。人生充满悖论与迷途，如此走下去无药可医。

「处暑」

在陌生的城市里独自生活，像组装一台新的电脑。显然不能忽略的是文化差异，那种错位与交锋随处都有。一个人坐很远的车去买家具，一个人打开食谱学做饭，或者在周末一个人去超市买够一整个星期的日用品再一个人搬回来。后来，我搬离了那个相馆半老旧的房子，开始在新社区一间没有什么人的健身房里打发过剩的荷尔蒙。那个色调冷冽的健身房，仅有的颜色是落地窗外人工湖的一湾碧水，整个楼屋闪现着资本主义一丝不苟的洁净白光。

我私底下大概是一个极懒散的人。胡乱堆积的衣物，没有规律的作息与饮食，从来不戒掉的烟酒。像一个丑态百出的宿醉千颂伊。而我期待的艺术家生活没有如愿，终于觉得应该对自己的健康负责的时候，反而开始早睡早起，整理房间。偶尔去看博物馆里的历史和艺术，改学做一点中餐，盆栽再也不会因为被我遗忘而枯死在阳台。我甚至开始量出每天健康标准的水，像做任务一样开始在健身前三十分钟喝掉一整杯豆奶。

像突然学会骑脚踏车的快感般，我迷恋上了这种规律的生活。大汗淋漓后在附近餐厅点一份简单的食物。每天坐在同样的角落，用珍惜的心情偶尔望望路过的行人。这样的规律或许会在下一秒被繁重的课业或者突然结束假期从国内赶回来上课邀你去吃夜宵的室友打破。

但愿，我像皇后公园里褐色的小松鼠，不畏惧人类的打扰，在稀疏流影的树枝间，找到合适的角度与生命的姿态，然后把遇到的孤独与异境变成热爱的附属品与精神的食物。

「白露」

什么时候开始想家？

可能是在从前看表显示晚上十点半觉得该睡觉了现在却依然开始赶论文的时候，也可能是逢冬至立秋先拿起电话提醒家人要吃饺子的时候。

025

我是一尾游弋在浅滩的墨鱼，在斯坦利公园的海墙步道顺波逐流，覆盖在泥沙之下。我俯身在海的另一边，看着离岛的羊群沿着山崖一路往下，啃食着稀落的草地。我颤颤巍巍，从远方望去，似乎就要随着凄厉的海风掉到深海里去。

你会体验到生活十几年从未感受过的孤独。这种孤独，不同于高中时代的伤春悲秋，惨绿少年，这是纯粹的孤独，生理上的，空间上的。每天从图书馆或者打工的时装店到十一点回家，可能会有两个星期不和人说话。小孤独是空对高山绿水却无人知，大孤独却是在灯红酒绿阑珊处无人语。并不是觉得这里的生活有多不好，只是，不太相同。并不是每天没有人说话，但是，没有人真正关心和理解你。孤独压得我喘不过气来，国内的热闹都与你无关。人们说，为什么求仙得道须到深山寻，因为静，方得修炼。而静，只有在国外才是如此湮灭你，你没有家人，所识多为泛泛之交，知交也不会随时在你左右。你一定会也必须静下来，而人一旦静下来，不是疯了就是超脱到另一个境界。

那年到日本，又冷又饿，学校那边说因为延迟，接机的人已经走了。没人接机就自己打车去好了啊，在外面折腾久了就拥有了铁打不坏的心了。慢慢来吧，有天你回头发现自己重生了，你会感谢自己今天所受的折磨。

哭哭更健康。

027

未来莫还乡，还乡须断肠

失恋两个月后的S小姐在东半球旅行了一圈回学校了。

7月8月。一路从丽江到厦门，到丽江，到越南，再到柬埔寨。最后S小姐从狮城的奢侈品百货专柜给我带回来一条围巾，还算有良心。

6月。S小姐曾为了一个人，落过许多的眼泪。颓废，不上课，挂科，和导师吵架差点被开除。无尽的黑夜里，喝完一瓶又一瓶酒，在那些堆积的酒瓶中，一次又一次地回忆过去，想起过去那些事情，夜夜不能寐。凌晨两点半给我打一百个电话说想自尽。她对我说，整整四年的感情啊。任何令我流泪的人，我永远都不会原谅他。然而等那人负荆请罪以后，我仍是一次一次地原谅他，心太软了。

S小姐的男友泰山，加拿大人，有腹肌大块头。千里迢迢来到中国，却在太原的一个私立补习机构教英语。当S小姐还是高中生的时候准备出国，他俩就在语言班轰轰烈烈地早恋了。S小姐带着他回家见家长，陪他回加拿大，去他的家乡，世界最冷的十个地方之一，阿尔伯塔。泰山玩极限运动，S小姐就陪他玩滑板，整个腿摔得又青又紫；泰山喜欢亚洲女生小麦色肌肤健康的样子，S小姐就去晒灯晒一个月把自己变成一团炭。S小姐爱得用力过猛，而泰山只是没有玩够而已。

S小姐在国外念书，泰山在国内找女人，然后被发现，下跪，甩自己巴掌，他说没有你我在中国活不下去。泰山有个摇摆不定的灵魂，随风而动随风而去。而S小姐爱得那么用力，充满了正义感，一定要走在光明正大的道路上理直气壮地追逐他零乱布满整条道路匆忙的背影。爱着的时候，总是心太软。心太软，便很容易飞蛾扑火。

从朋友处得知泰山最后一次出轨，S小姐脑中印出了一路走来碰到过的各式各样莺莺燕燕袅娜多姿的身影，她们在S小姐的脑海中幻灯片般疾驰而过。戏剧高于生活，却源于生活。偏偏没有想到，泰山这次睡的，是S小姐最好的朋友。知道消息后，她快速挂断了手中的国际长途，忍住顷刻间风起水浪泪水的坠亡，起身踉跄地在盛夏盈盈的月光下走回家，心轻轻地紧了一下，感觉到按在胸口的手正在接受着心脏强烈的撞击。

几乎是逃的，期末还没完S小姐就立刻订了最早班的机票回国。

来不及倒时差的S小姐在太原街头和泰山吵到不可开交，和背叛自己的好姐妹大打出手，其实不管是谁赢，结局都是难看的。尽失人心的S小姐在太原待不下去了。每天想到和他们生活在同一座城市里，呼吸着他们鼻子里喷出的热气，她就觉得恶心，恶心得几欲崩溃。气冲冲地回屋声称要打理背包离家出走，满心装着不甘和自由要离开要逃走。哭着哭着便蒙着被睡着了，再次醒来已经是深夜，黏糊糊的夜里，泪水打在蛇藤椅子一簇簇枯而硬的分茎上蜷缩了起来。

干脆去旅行吧，她想。一开始到了厦门，没想到竟停不下来了，一路下了南洋。在发现了生命荒无人烟的诡谲与心脏沉沉的负担想要极力摆脱的时候，S小姐选择了出走。在湄公河边吃香草味的米线，入了夜去琅勃拉邦集市闲逛，和青年旅舍的朋友们出门偷西瓜，和来自德国法国意大利的背包客帅小伙子们约会，深夜饮酒唱歌，勾肩搭背吐露心事，在热浪岛潜完水买好多明信片寄给朋友。

一个背包，一本护照，一颗洒脱的心，只做一颗尘埃也要享受最极致的波澜。去扑灭那些氤氲旋绕心头的光影，寻找一个神圣的东西：自我。

就像所有荷尔蒙过量的年轻人一样，戴着大耳机放《平凡之路》，希望看到更广阔的天空，那里足够展开翅膀。忘掉他。

失恋后的第二十天，S小姐在吴哥窟的湖畔静坐了三个小时，看日落。她对我说："真奇怪，光照在自己身上的那一刻，突然觉得时间静止了，突然觉着自己就好了，我身上明明很暖，却起了鸡皮疙瘩。当着我德国小伙伴的面儿又哭了，可这次不是因为前男友。"

我坐在她对面抽完一根烟，看着她的嘴唇一张一合说起一路的奇遇。所谓精心设计的解脱，不过是付出痛苦的代价后站在那个湖畔的小小山丘上的那一米阳光，就是这么简单而原始，偏执、决绝，美得让人觉得被救赎了。

"我呀，真是傻，差点就废在那个坏男人手上了。"
温哥华。化着精致淡妆坐在我对面的S小姐翻开手机给我看她在金边的青旅艳遇德国男生的照片，一边对我说："其实早一点看通透，就不会浪费那么多时间，有时候想想，没什么大不了的，你看，补考费那么贵呢。"两个月没见，如今她气色颇佳，可以轻描淡写地感慨那时候自己很蠢。

养成一种习惯只需二十一天。 S小姐过了二十一天没有泰山的日子，发现不吃照样会饿，不喝照样会渴，照照镜子，发现除了黑了些，瘦了点儿，自己照样还是风华正茂。年轻姑娘脸上的泪珠子，宛如夏日荷叶上的滴滴露水，没有期期艾艾之情，月光一照，依然动人心魄。

我们在最绝望的那一刻出走，然后我们看到光明，看到希望。这个世界总是让我们面面相觑，有时候觉得世界糟透了，脏透了，拼命想要逃离。但是所幸还有远方。像公路电影一样漫长的人生。《荒野生存》《摩托日记》《在路上》《末路狂花》，一卷黑白胶片倒着播放，总有一根眼睫毛倒着长。各有自由的方式，各有各的路要走。做自己生命里那个最闪闪发光的神经病。

朝前走吧，别回头。
愿你今后的眼泪，皆不是因为伤痛和悲哀流下，而是由于震撼。为宇宙，为自然，为美的震撼而流。

小少爷

上帝是公平的。

小少爷投胎时作弊，睁了一双眼睛。生在富足之家，只要爸妈能给的，从小到大都是要啥有啥。

但小少爷恋爱运很背，因为爸妈给不了他爱情。

小少爷高中开始谈恋爱，女友不是移情别恋，就是远走高飞。大学时候，受了情伤的小少爷一怒之下退学去了韩国学开飞机。
小少爷因为有文身，家里花了许多钱才把他送进东航做空少。然后又花了两万块洗文身，洗了十二次才洗掉有关前女友的回忆。背上一片红肿

的疤 “Don’t Give Up My Dear”，涂着云南白药，特别显眼。小少爷以前在北京体育学院的时候是篮球队得分后卫，一个白羊座大男孩。如果他真喜欢你，什么廉耻都可以不要。你生气他会跪下来求你原谅，为了给你买盒章鱼小丸子能穿越十条街。

高中的小少爷从哈尔滨远赴北京上大学，在夜店认识了他的初恋女友，小野模。

他像养金丝雀一样把小野模养在了北京近郊，租了套二层复式。买全套家具，付全部房租。下课之余洗手做羹汤，把她照顾得无微不至。小野模有了小少爷的供养，便辞掉了酒吧的工作，摆出从良的架势，把小少爷哄得一愣一愣的，真以为自己遇到了灰姑娘，把她当成了宝。小少爷生得五大三粗，脑子拙劣，只得抱了一堆三流言情小说，学习恋爱之道。有时候打开敞篷，里面塞满了花。问灰姑娘喜欢哪个牌子，灰姑娘只认识香奈儿，然后小野模就收到了铺天盖地的香奈儿。灰姑娘家境一般，小少爷带她见识了她从来没有见识过的东西。女人有野心不是坏事儿，但她心一野，灰姑娘就又变成了小野模。在五道口喝完酒回通州，被司机摸大腿，拉拉扯扯，小少爷一拳打掉了司机的门牙，差点把人家的手砍了。

和小少爷在一起以后小野模依然爱跑夜场。只是之前服务别人，现在到别人服务她，角色已然不同。有老男人挤到我们的卡座边，拉着小野模的手说，好几天没见啊，宝贝。

035

当时全场愣了。有哥们哈喇子都快流下来了，说茉莉这是你朋友啊。小野模飞快地大声说，哦，不是，他是我哥。

——“表哥你怎么也来了，”小野模投过去个眼色，“一块儿喝两杯？”

——“不了，你们玩儿吧。” 老男人看小野模眼神不善，赶紧摆摆手，转头跑了。

小野模北漂三四年，各种江湖规矩无比纯熟。眨巴个眼睛就能把人送走。

最夸张的是，小野模家里没钱了，她妈妈找小少爷要钱，小少爷给。小野模的新男朋友要还信用卡和贷款，没钱了，找小少爷要钱。小少爷也给。小少爷太爱小野模，爱得都要看不到自己了。在年少无知的小少爷心里，一直以为他是小野模的初恋。 小少爷的少年时光，大半心思都花在了她身上，心心念念想着的人是她，为了她想要变成更好的人，一个下午给她刷爆卡买衣服，为了她耍宝卖萌说学逗唱，又为了她有了新男朋友抱着电话号啕大哭。

他说你知道我最难的地方是哪儿吗？不是为她花了多少钱，是要眼睁睁地看着，明明她爱的是我的钱，而却要假装爱我。

036

然而现实并非跷跷板可以担得起的成人童话。很早就不念书的小野模，有飞叶子的习惯，酗酒，烟不离手。容易情绪崩溃，痛哭，醉酒，破口大骂，趁机发疯，无心工作，暴饮暴食，将自己的生活弄得乱七八糟。顺带，打小少爷。人的情绪影响着生活的诸多方面，若是能够自如地控制自己的情绪，并且具备将消极情绪转化为积极情绪的能力的，那无疑是很厉害的人。 而大部分普通人，都会沦为情绪的奴隶。

心情不好甩巴掌，钱不够花甩巴掌，走在路上多看了别的女人一眼回家跪搓衣板。怒吼你丫连北京户口都没有，废物。然后让他滚。小少爷胸口有一道疤，是小野模抽大了拿锥子捅的。好几次他都受不了可是说过不打女人就永远不打女人，客厅的沙袋是小少爷的发泄工具。已经废了第三个。

闹分手闹得最狠的那一次，小少爷连夜抽完一包烟。回哈尔滨在背上文了一段英文，翻译过来是“不要放弃，我的爱人”。

因为这个文身，小少爷差点被他爸一脚踹死。他落脚的部位是脾脏，脾脏的痛觉神经最少，而且格外脆弱，脾破裂是临床医学上因剧烈撞击而死得最多的病例。

军籍家庭，大逆不道。家里立刻要他办退学，送出国。

小少爷连夜跳窗出走，拿着书包里的最后一点钱跑到火车站，买了硬座回北京。从来没坐过火车的他担惊受怕，熬了个大通宵。难以想象世家土豪，拿Burberry香水洗衣服之类的才符合他的年纪的作为和事情。他都不做，然后为了爱情坐硬座。

“走，我带你们去喝酒吃涮锅！”小少爷觉得自己为爱付出所有后回的北京，拉着一众好友吃夜宵。豪情万丈地等小野模赴约然后给她看文身。如今想起那晚的情景，却真的如电影画面，或是走进了娄烨的镜头，他拉着一帮好友浩浩荡荡地穿行在北京老胡同的夜里，他们喝了酒的眼神，抒情或诗意的调侃，虚荣且振作的暗自鼓舞，都像一帧一帧粗粝手持自然光的跳切。将那股庞大的情绪混合酒馆嘈杂与破旧的座椅谱写出一首动人的爱情电影的配乐。

同样是那个浪漫夜晚，他单膝下跪，深情地问：“你愿意嫁给我吗？我为了你不去韩国了。”然后女主角毫不犹豫地回答：“我们分手吧。”

一场幼稚、无期望的恋爱，在所有刺痛的围绕中结束了。

后来小少爷去了韩国。奇货可居不可一世的小野模转眼被新男友甩了，重拾起了在酒吧端盘子的工作。关于小少爷和小野模的故事，什么样的幸福，什么样的伤痛，我再也不知道。小少爷前几天给我寄了一张明信片， 明信片是他自己打印的相片，像素清晰的画面中，一个戴着墨镜躺在普罗旺斯紫色草田里晒太阳的黝黑男人，说是要来温哥华找我玩，让我给他联系声色场所。我笑着骂出声又有些心疼，这狗儿子。什么时候，夜场这种事情对他来说，已经这样平常了。

年轻时候的喜欢是真的喜欢，小少爷现在已经不会再那么喜欢一个人了，这所有的艰险，皆因你我，不再少年。

二十岁男人的心像荔枝，是母亲手里捧着的刚孵壳的小鸡，鲜红甜美果肉均匀轻盈剔透，只要你开口他就把心给，一口下去甘美多汁。三十岁男人的心是椰子，椰子味从今日近鹧鸪声向旧山闻，摸爬滚打豁出去半条命去好不容易凿开一个口子，一尝味道，生生涩涩半苦不甜，莲花池上容投社，椰子身中悔著书。

珍惜你身边的荔枝吧。

我想去冰岛住一整个夏天

在淡路岛的那天晚上，正值鬼节。我身着浴场的和服，深夜走在酒店出来的山路上，和服下摆很窄，里面只有一条运动短裤，就跟一步裙一样。我踩着木屐，踢踏踢踏的声音和回音在夜晚特别清脆，仿佛有人跟着你一样。我突然想拉开和服，做一个放荡的人，想裸奔，反正也没人。于是我做了。我在心里窃喜，如果被人看到就立刻把自己装成一个韩国人，不给祖国丢脸。

夜跑是我自高中以来养成的为数不多的好习惯。我站在路的尽头远眺明石海峡大桥以及一桥之隔的神户，夜晚的风拂过我的大脸直教人感慨年轻真好。

回酒店以后去了一个需要开车很久才可以到的地方，心不在焉拿余光打量四周。瞟到了一个90后的留学生模样的小孩，男孩长得好看，喝得醉醺醺的，一直散发着“把我带走吧”的荷尔蒙。我看到他被各种人拉走猛亲，运动裤险些掉落。但她们都没有带走他。那些在旅行中放纵自己妖冶浓妆的日本女人，她们拿酒瓶的手指透露出焦躁的气息，脸上堆砌着厚厚的腮红，突兀的完全不配合衣服的鲜红唇膏和堆积在一起的名牌衣服。那种唯恐青春逝去而极力挽留的局促，让人感觉悲哀。

过一会儿，他的一个好友要送他回家。那孩子说，我就不跟你们回去了，我去另一个地方，说着就神采奕奕地走了。

猝不及防，寻得猎物得意扬扬刚要往酒店走的少妇挽着少年要回家走的那一刻，我看到她的一路跟过来等在酒吧门口怒气腾腾的丈夫拿着空玻璃瓶想朝他的头砸去。虬须大汉拉着少年的衣领，高高举起。少妇只能完全崩溃地尖叫和大哭。在婚姻面前，无论是什么样的女人，失败起来，都是一样的。

人们大多漠视着这一场闹剧，大家习惯了漠不关心自扫门前雪的冷漠，就像水里的鲤鱼不想着拆掉大坝却想着跳出龙门，多一事不如少一事。我看到没有人愿意蹚这摊浑水，却总不能见死不救，我在心里骂了句脏话。于是我跑向他，从酒吧二楼下去，直奔楼梯。

我想用最快的速度追上他，小小少年不知道自己招惹了怎样的麻烦，异国他乡遇到国人，能伸出手的时候就真的应该伸出手来拉一把。我像护住一只小鸡一样把醉醺醺的少年拉到身后，因为语言不通，一场混战。在尚武的年代，很多人因为私斗就白白死掉了。这个名单很长，有国王，有诗人，有科学家，更多的是普通人。在尚武的年代，没有胆量比武会被人嘲笑，很多人没有这样的爱好，也没有这样的勇气，完全出自虚荣心就跟人干上了，比如莱蒙托夫，就死得很冤枉。

在众人尴尬的目光中，我的头发有些乱，我轻言细语地安抚这个因着酒精或者心事而失态的孩子。接着小伙子和我说："师傅，你有病吧。"

我听到以后尴尬地笑笑，对着那位虬须大汉点点头，然后面无表情地走开了。

有些人真的是太浮躁了。这种浮躁是让我有冲动给他一巴掌，这种浮躁是与其身份十分不符的，让我对这个世界有了新的认识的浮躁。不是追求道德正确，只是看清自己没人相伴时流露出的轻浮有多丑陋。这场面无表情的走开就当我已经给你一巴掌了，请收好，算是我们共勉，重新审视一下自己。

我想我们都花了很大的力气，才让自己变成一个面无表情的人。

042

许多年前看一篇采访贾樟柯的文章，他说过一段这样的话：凝滞的空镜头，其实不是无意义，而是代表了一种凝视。那段话说得很诚实，对我也很有启发。看好莱坞电影长大的我们这一代，总觉得精彩的人生里一定是大开大合甚至大起大落的，但是事实是，更加让人心动或者心痛的人生，起伏很低变化很小，都是暗涌，在你看不见的地方，搅得你不得安宁。

我想去冰岛住一整个夏天，做一个远离人类世界的无业游民。

小孤独是空对高山绿水却无人知，大孤独却是在灯红酒绿阑珊处无人语。

hite
PALE LAGER
Bottom
EXTRA
1933

德不孤必有邻，有灯就有人

醒来之后发现爸爸发了几十条微信给我，加拿大和中国有十三小时的时差，爸爸说他一整天吃不下东西担心我。从白天守到凌晨，密密麻麻一大堆。他的眼睛不好，常常抱怨手机键盘太小，打字累得慌——劳烦他敲得出这么多字来。

好生气，生命就那么长，突然这么白白被偷走好几小时，真是让人不开心。

QQ被盗号。睡着的那几个小时里骗子冒充我让我爸打一笔钱，他打了，幸好打到了我平常用的卡上，没有让他们得逞。我听他的微信，一开始是着急地询问我在哪里，因为我的QQ发了一个银行账号给他说如果不打钱就死给你看，并拉黑了他。

我从小就是不安分的小孩，他知道我能干得出这样出格的事。青春期时的叛逆，成年以后的冷漠，也不知道哪儿来那么多愤世嫉俗。父母的怀抱像座围城，围在里头的人想出去，逃了出去的人想进来。没出国前，只觉得留学是天大的好事，有种放虎归山的痛快。现在自己一个人孤零零的，在那么远的地方想起你，我心头却只有一阵一阵的酸楚。

父亲是个老实巴交的人，一辈子在医院里上班，朝九晚五，兢兢业业。老实人的字典里是没有“对不起”和“我爱你”这两个词的，他表达爱的方式是曲径通幽，润物无声。他暗戳戳地为我做早餐，静悄悄地摆在餐桌上，然后去上班。我向他道谢，他还同我红脸，仿佛那早餐是桌子上长出来似的，跟他毫无瓜葛。每次回国前，他都要忙前忙后折腾好几天，摆出《红楼梦》里贾府迎接元春省亲的架势，捧得我有点不太真实。

爸爸打不通电话——我手机坏了送修，只能发微信。我看着他的微信，约莫能想象他鼻子凑拢屏幕，弯着食指，一个字一个字敲击键盘的模样，又滑稽，又鼻酸。从一开始的着急，到暴怒到威胁，到讲道理，到打钱，打完钱见我依然是把他拉黑的状态，最后竟低声下气地哀求我不要做后悔事。起床以后，我立刻借了室友手机给他打过去，他听到我的声音还不放心，非要与我视频。

我问，你今天一整天都吃什么了。他摇摇头，说只顾着担心了，什么也没吃。想到你一把年纪，一整天没有吃饭，担惊受怕，到处打电话询问我的情况，好心疼。

你总是一人分饰两角，既当爹又当妈，除了上班，还要包揽洗衣买菜做饭。在我去东北上大学的时候，帮我准备好行李，帮我拾掇好吃的东西，替我提着行李送到车站。后来又是他在机场送我出国，过了海关看到他自己一个人转身抹泪。我在他处所取得的，和我所给予他的相差得实在太多太多了。

他说他老了，眼睛开始花了，做手术要戴着眼镜。他说他那次着急上手术台没有吃东西，手术在完成的时候血糖太低直接晕倒，真是狼狈啊。可他总算是学会跟我开玩笑了，总算把他的喜怒哀乐跟我分享了。但这些年吃的苦，被停职调查婚姻危机身体亮红灯，医患事故被迫辞职，他好像真的从未跟我分享过。

更糟糕的是，他有我这么一个不省心的孩子，一根筋，不听劝，满世界地乱窜，自己承受着巨大的压力拼命挣钱。有段日子咱们总是话不投机，鸡同鸭讲，三言两语便要擦出火花来，他让我难过，我也伤了他的心，但是总归是，他把最好的一切都让给我。这些被细心呵护的曾经和我一切自私的心安理得，在这一刻想起来是多么让人讨厌。我的世俗和不真诚，是他用了半辈子在努力的东西，我竟然没有及时去感谢。我又何必去埋怨那些他没有的，已经把能给的都给我了，能做到的都尝试去做了，我还有什么可埋怨的。

刚才他又开车要走，我随口问“你不累吗”，他说：累啊，不比年轻时候了。我不禁想到那些年，他凌晨去做手术，第二天照样早起去上班，没有过的周末和节假日，做手术做到通红的双眼……那些年他还充满活力和干劲，打我的时候下手又快又狠。可是现在，他说他老了，奋斗不动了，要不是为了我，早就想要辞职了。

十几岁的时候刚出国前和他在机场，要入关的前一分钟我拉着他的手号啕大哭，那时候就觉得像是生离死别一样，觉得一个人要去闯荡一片未知的天地。不知道要何时才能回来，也不知道自己在那边会怎么样种种。

他没有看我，轻轻道别后转身走了，可我分明看到了他颤抖的双肩与欲说还休的缄默。

该是要懂事的年纪了，想要陪你却不能，想要抱你觉得尴尬，我们错过的这些情绪和关于彼此的生活，恐怕是再也没有机会还清了。这世界上最爱我的人是你，我却站在离你最远的地方，宁愿自己哭也不愿躲到你的怀里。

那部叫《魔术师》（L'illusionniste）的电影，好奇的街边保安，两次出现的牵着沙皮狗的路人，红鞋子，爱咬人的兔子，窗子上的雨，翻飞的像蝴蝶的窗帘，爬山时跟着光线变化的影子。失落手艺人的情怀，不管戳不戳破，父爱就像魔术一样，也像所有的梦，只需涂染上一点点亮色，就可以保鲜永久。世界上没有魔法师只有爱你的人。

如果有来生，愿你生一个听话的孩子，愿他能给你带来欢笑和骄傲，让你觉得这一生的奋斗，都值了。

愿你来生不要遇见我。

莫里斯

1.

莫里斯是一只猫。

她坐在空了的猫碗旁等我。窗户被推开一条窄窄的缝隙，夕阳照在她的身上，投射出一道长长的影子，一直延续到我的脚边。她眯着眼睛，怨怼不安地舔舐着手指，冲我不耐烦地喊叫起来。听到命令的我心一虚，赶紧跑去铺满猫粮换上新的猫砂。从这只猫入住的第二天，她就习惯用琥珀色的眼睛严厉地盯着面前这个人类，让我始终不明白，是我收养了她，还是她恩准我进入了她的生活。

莫里斯是我住在Desa时捡的流浪猫。Desa是我们学校的新生宿舍，挤满了N多棒子。刚刚出国谁都不认识，性格又龟毛。于是和中国人点头之交，和外国人点头之交，和各种人点头之交，几乎点出了颈椎病来。一个人去上课，一个人去超市，一个人去饭馆，一个人运动，一个人抽烟喝酒压马路。

那天下课回家时，突然就看到了她。第二天早上起床时，继续看到她。去楼下超市买水，还是能看到她。她就这样阴魂不散地出现在C栋楼下，成为我每天两点一线的必经之路上的活地标。这是缘分——我心想。所以顺理成章地买了猫粮，顺理成章地跟着我回了家，顺理成章地带回家洗澡换猫砂铺床打疫苗一气呵成。

我天天开夜车写作业累成狗，从学校回到家连衣服都没换疲惫地直接往沙发上一扑，不小心压到了她。莫里斯惊吓得立刻跳起来，回头给了我一巴掌。但是她并没有跑远，而是站在一旁，用那对总是随着光线不断变化的眼眸看着我，我迎上她的视线时，她又立刻现出惯有的鄙夷。她连饥饿的时候都不肯讨好或屈膝，只是昂首挺胸彬彬有礼充满自信地噘起嘴，在我脚旁焦躁地站起或坐下。

我实在没有力气给她做饭，一下把她抱起放在手臂里慢慢地摸索她柔软的毛，挠挠她的下巴，她满足地闭上眼，发出咕噜咕噜的呼噜声，果然一下安静了。

她安静地躺在我怀里，没有多余的摇摆来表达自己的情绪，睁着眼睛仿

佛在质问我，最后累了就趴下来和我一起睡。

2.

这是我第一次养猫，以前有过的所有小宠物都是狗。因为生肖属狗，所以觉得狗狗简直是这个世界上最可爱的生物了。

和好友视频。把她捧手里的时候她问我说："刚刚捡来的吧？它看起来很不好，那么瘦，你不能饿着它，得多喂它点儿。"

她盯着莫里斯有些抗拒的眼神，略微迟疑了一下，接着说："如果没有很多很多吃的，那就要很多很多的爱。”

3.

莫里斯渐渐地适应了我，这个有幸与她同住一个屋檐下的人类动物。她开始长期霸占我的床，夜里醒来一转头，就能感觉到一块柔软的皮毛贴在我的脸上放出暖热的体温。她也开始对我发出慵懒且情意绵绵的特殊颤声，不再焦躁地望向窗外，而是站在门口盼望我回家。一听到我放学的脚步声，她便远远跳下猫屋迎接我，在我脚下一边叫一边转悠。拥有猫简直是一件奢侈的事，莫里斯像一个时刻充满惊喜的魔法师，让生活充满喜悦。

可莫里斯也是命运多舛，和我在一起一年就丢了三次。

第一次在Desa丢了，捡到猫的男生特别好心地还给了我。好在莫里斯这次没有再流浪，而是从一个家到了另一个家。然后我们就成了好朋友。谢谢他。

第二次是我回国，临走前我把她托付给了一位姑娘养。姑娘刚好是那种特别爱玩的女生，夜店咖。换男朋友比换衣服还快。怎么可以指望她温柔对待一只宠物。

等我从国内回来，她抱着一个猫盆特轻描淡写地对我说：

“她不见了。要不我给你买只新的吧。”

“她走丢多久了？”

她愣了愣，皱着眉头迟疑了一下说："好……好像一个月前丢的。"

……

我行李还没有安顿好就发了疯似的跑下去找猫，结果她就在楼下。

就看到了瘦得不成猫样的莫里斯在C栋楼下翻垃圾吃。

我想把她抱回家，可是她不停地抗拒。疯狂地抓我的手。

回到家贴好邦迪。我给那个女生发了一条微信 ——

"谢谢。"

然后就把她拉黑了。

第三次走丢是最近的事了。

因为我忙着打工，不知道她什么时候就从家里跑了出去。找了两个星期也没有找到。

"是外面的世界比较精彩吧。"我在心里想。

4.

某天我打工回家。蓬头垢面且神色恹恹，叼着一根烟走在泳池通往家的路上。

突然之间感觉背后有一个东西跟着我。是莫里斯！她竟然找到我又跟着我回家了。

我没有想到，就在我快要放弃的时候，又加上了由时间发酵过的伤感，安慰自己莫里斯不过是当时孤独生活的打趣，却因为她沙哑的喉咙和可怜巴巴的眼神而唤起了起伏的思绪，短暂地回忆起无数个我写作业她蜷起身体在我腿上睡觉的片段。

我把她带回家给她换了猫粮，摸摸她的头劝她说：你还是跟着我吧。一个女孩子在外面跑来跑去多危险啊。其实你主人也不错，时时刻刻准备为人民服务，计划生育书香门第，勤劳勇敢自强不息。表面功夫该有的都有了，别再跑了。

这番话明显是说给我自己听的，看我装得这么卖力，莫里斯没好意思拆穿我，甩了甩尾巴，自顾自喝水去了。

5.

回过头来，怪只怪那天的天空太美丽，阳光太明媚，你的毛很柔顺，我的衬衫很干净。那一刻没有烦恼，没有担忧，没有生活来逼迫，没有路人来围观你，于是难免心生疑问，为什么你要跟着我回家？

一只猫的寿命那么短，把她的一生，她的自由，她最美丽的年华都献给你。所以，除了很多很多吃的，还要很多很多的爱。

小胖子

最近有朋友开始或戏谑或真诚地称呼你“豆瓣男神”，关注数突然破了两万，微博也跟着沾光。这些年从所谓“豆瓣吉祥物”到“豆瓣男神”，无能而懒散的你，侥幸得到了一些关注和喜爱，常常为此感到惶恐和不安。

好像一直挺自卑的，可能因为你以前是个胖子，所以现在还总愿意保持乐呵呵的，不把对世界的无奈和倦怠感带给别人。你说你要做一个对世界怀抱善意不轻易刻薄，时刻给别人留台阶，并善于发掘生活乐趣的人。

有曾经的挚友发来问候：还记得那个时候的你吗？你说：早就忘了，那时候都是小孩子不懂事。我突然之间，就有一种莫名的心慌。你用力向远方凝望，用曾经那样坚定的眼神，最终还是迷失在记忆的喧嚣里。

你迫切想要分享笑料与正能量给其他人。你想要善待这个世界，是因为曾经世界没有善待你，你的感知神经似乎很短。没有这样那样静水流深的沉重，也没有太多感同身受的悲悯。你做了学校的中国形象大使，走秀录像主持，你写了一些文章陆续被刊登转载。众人只看到你光鲜的一面，认为你运气好，或者觉得你家境好，拿了妈妈家的钱出国混个文凭。殊不知其中的甘苦，真是五味杂陈。很多事情看似简单，却是两回事。你很用功，你很努力，你在健身房练干了汗然后变得更加踏实，你读中文系读到一半辍学出国重新开始，真是一步一脚印，如履薄冰，如临深渊。

你最痛苦的记忆源于你的初中时代。你从未向人提起，那年你在你们那个全市最烂的中学里过着怎样的狗日子。母亲的离开，父亲的打骂。父母疏于对你的管理，大冬天你要骑着自行车绕过半个城市上学，手上常常会有许多冻疮，每天早上只有两块钱，吃完早饭甚至不够在课间买一瓶水。

竹園
江澤慧 二〇〇六年十月

少年时候的刻薄，不经意，却带着摧毁性的力量。你不敢与人提及你的梦想，因为那个时候似乎所有人都在玩耍，那时你们学校能考上一中的人寥寥无几。捧着课本坐在教室前排的小胖子显得最为滑稽可笑。也不怪那些早熟的少年，撕掉你的课本，丢掉你的书包，放学后向你索要金钱，没有钱便要挨打。

满身伤痕的你，看起来有些笨。怕被父亲骂吃完晚饭便赶紧从家里跑出来骑车到学校上晚自习。那时候的你呀，真是胖，小小年纪竟然有风吹日晒的劳碌黑。青春期发育得比别人晚，所有的男孩都在蹿个子长高，而你却一直在发胖。你疑惑为什么家里没有人做饭，吃食总是父亲下班回家匆匆打包的快餐。

单纯的你不明白，妈妈去哪儿了？

你的母亲生得极美，仿佛从年少开始她对你便不曾有过太多陪伴。她有她更广阔的世界，孩子有时候只是负累。

纵然聪明过人，富贵荣华，却还是败给了寂寞世界一点红尘。

我想要坐时光机回去看看那个黑黑胖胖的你，给你一点钱，告诉你一些道理，带你吃好吃的，教你看书，给你买衣服，给你一个大大的拥抱，拍拍你的肩告诉你不要怕。我想拉着你胖乎乎的小手，陪伴你看上一路的风景。年轻男孩子又笨拙又努力又活得不太好，是该让他遇到贵人的，否则太惨，思之不忍。

校园暴力，老师的憎恶，这些都没有打垮你，后来你是怎样以你们全班第一名全校第七名的成绩考上一中的？我真为你骄傲。谢谢你，你虽为卒，可不曾后退半步。你半夜被噩梦惊醒，想回到初中在数学老师当众捏着你的耳朵给你难堪的时候骂她狗婊子，然后把当年欺负过你的同学头颅踩碎，变成新一代牯岭街少年犯，改造后两米之内无人靠近，孤身一人去山上养群狗，每年带着狗浩浩荡荡去他们坟头拉屎。

现在的我呀，走过了好多好多你没有走过的路。我在异国他乡写写停停。我打工代购再向我妈借了点钱，买了人生中的第一台车，我将要出版人生中的第一本书，甚至我客串过的电影也上映了。在温哥华的小影院看着自己生硬的英语，真是好笑。从高中开始陆续零落上过的几篇《最小说》，没想到自己有一天会被挖掘，在中央广播电台，有那样光芒万丈的人读我的文章。如果说今后的自己还有什么期冀，那就是希望可以不再小心翼翼地克制自己，希望今后可以随心所欲大步向前，并且不逾矩。

活着不全是风花雪月。用郑重而温柔对待它的心，才能换来它的平等相待。唯天下之至诚能胜天下之至伪，唯天下之至拙能胜天下之至巧。

充满向上力量的少年啊，朝前走吧，别回头。

PART 2.

你拿刀我执剑，敢把背后的敌人交给对方

我最喜欢的故事就是英雄末路的最后一击，是练剑学成的出师一战，是拥抱过后不顾艰险的真爱，是再见之后永不重逢的告别。

偷渡故事三篇

故事一：

我打小就没少因为手持福建护照行走江湖这事儿受委屈。

2015年的暑假我准备和学姐去悉尼玩袋鼠，签证官一开口问我从哪里来我就已觉大事不妙，签证官听闻我产自福建后果然目露凶光，锋利的眼神把我万箭穿心，射成了蜂窝煤。

护照签发地写着是福建的，面签难度就会增加。我们这个偷渡大省一直是各个国家签证处重点提防严加审查的黑名单之首。因为福建偷渡的人太多了。邻近台湾，早年国家不愿意在福建投资，就是怕一旦台海局势失控工业受损。破罐子破摔精神在这里被发扬光大，福建人背井离乡出国可以被认为是一种传统。有了这种你舍得死我就舍得埋的精神几乎家家户户都有国外关系。出国的渠道太多，蛇头组织、假结婚、福清帮招小弟……挣到中产阶级或者拿到绿卡总是可以的。

每个出国福建人的故事都可以写成一本血泪书。我从小到大也耳濡目染了很多，以至于高二的我轻易发出了“有好多人，一点都不酷，一举一动都在预料范围内，没有‘说不清楚到底想干什么’的那种优点。我翻了一下自己最近的谷歌搜索记录发现内容全都是偷渡英国/美国/荷兰/日本/法国的路线图”这样的微博。

我高二下半学期那会儿真的有认认真真想过偷渡去美国，还专门买过一本小本子，细密地记录了逃跑手册。那时候高考压力大，不知道脑壳里想些什么，每天就想持剑天涯鲜衣怒马。

我爸应该也没有料到我在经过七八年的老实本分义务教育潜伏，独生子地位日益稳固后突然露出了真面目，对业绩发起了新的冲刺，居然说服了我外婆借给我四千巨款“买教参”。可是后来才知道去关岛要一万美元，在凑不齐要给蛇头组织的定金后我放弃了，重新坐回了书桌前啃《五年高考三年模拟》。做不成美籍华人，只好接着做华籍美人。

故事二：

2008年那年，眼看美国经济越来越不景气，舅舅从纽约回老家，带回了一个新舅妈。

舅舅的人生一直稳健踏实，从国营厂出来做了几年生意，运气不错，带着一帮小兄弟，算是先富的那批人。手头突然有了钱，带着一家老小去坐移民监。舅舅的人生故事乏善可陈，情史却一路花红灿烂洋洋洒洒。我有过两个舅妈，第一个是陪着他去美国坐移民监的糟糠，我对她印象不深，隐约只记得姓赵。

后来听舅舅讲和第一任舅妈离婚的原因是因为她赌，一起去美国，绿卡规定待在美利坚的时间里舅妈跑到澳门失踪了一个月。

舅舅的这第二个老婆是从福州偷渡的，她十九岁那年坐船到中南美洲，深夜徒步越过边界进入美国。据说被一种吸人血的虫子咬得一双腿没有一块好肉，这也难怪我几乎看不见她穿裙子。舅舅说她除了拼命打工看电视广告学英文，就是餐馆休假到纽约中国城旁的百老汇大道逛街，每天工作十二个小时真的是无法想象，站一整天，端一整天盘子。福州人干活是很拼命的，好像动作稍慢一点就会被炒鱿鱼。她去美国刚一年，已经换了十七个工作了，刚开始被炒鱿鱼是因为动作慢，福州女孩子别看瘦小，干活超麻利，动作特别快，当然总是有更麻利和更快的，所以她们被炒鱿鱼是经常的事。

“我见到她的那天好热哦，满街都是福州人。”多年前张艾嘉的《少女小渔》那一刻仿佛有了福州版本。

故事三：

第三个故事开始前先说一下70年代香港实行的抵垒政策吧，从深圳偷渡过去的人只要能到达市区，就自动获得香港身份，如果在偷渡边境被发现，只能被遣返。当年香港的腾飞就是依靠劳动密集型产业，对劳动力需求十分大，这一政策实行时，恰逢“文革”白热化中，广东众多热血汉子在珠江里练技术，找准机会就游过去，深圳河十分宽阔，从下午六点（换哨）开始游，到对岸需要十个小时。深圳蛇口有专门的捞尸队，每天可以捞十几具，都是为了自由的年轻人。

第一次见到刘叔也是最后一次见到刘叔，在香港机场转机，彼时他已经回国，说着同样的方言不免多聊上几句。

刘叔曾经孤苦伶仃地躺在被海洋折磨得快要散架的木筏上，从塞班划到班岛。当初上岸半个月后，脸上、胳膊上、腿上的皮肤由于在登陆前暴晒过，全部脱掉了一层。
在那里他吃了他人生中第一只老鼠，有点像鸡肉。

刘叔在美国那些年，基本上都是每天打三份工。刘叔这么多年，一直没有合法身份，每年赚的钱都汇给了女儿和家人，自己只留一点点在身边。他每次休息的时候，都会看一眼手机上女儿的照片。后来刘叔挣够钱回了国，对外只说在国外读博士，拿着存款倒腾酒店又开了留学中介，很快也发了家。

蛮荒时代的牺牲与坚忍，充满冒险精神的美国梦。励志从来就不是件容易的事情，要完成它，需要体验人性最深处的恐惧和渴求，并最终让它趋向光明。只是我觉得现在国内的大环境这么好，真的没有必要在鬼门关上闯一趟。当然，现在的偷渡客和偷渡流程比几十年前好太多了，只要拎个包，在各大城市不停转机即可。一边旅行一边偷渡，潇洒得不得了。然后他们付出的是数年不能回家的代价，一个人漂泊在海外。

如果做不成美籍华人，还是希望大家安静地做一个华籍美人。

069

慢慢来吧，有天你回头发现自己重生了，你会感谢自己今天所受的折磨。

伦敦第一辍学美少妇

第一次见到王肃是在上东方艺术史的课上。

王肃是在快到期中考的时候转来的新生，全班似乎只有两个中国人，我和她。不可避免地，我们有了接触。东方艺术史的老师走豪放派路线，大家围坐一个圈。我们的包和外套都随意扔在教室地板上，旁边堆着画笔、星巴克、各种罐头饮料什么的，王肃一进来，也把包往地上一甩。

我看了一眼她的包，大概知道了多少钱以后对她说：你把包放到椅子上吧，地上脏。王肃初来乍到，考试将近，也没有人与她做小组作业，她常来问我一些课业上的问题，一来二去，就成了朋友。彼时我正在谋划人生第二场盛大的辍学，去温哥华学电影。活到这把年纪了，交朋友是要经过筛选的。虽然说可以做朋友，但也不是说做每个人的朋友。王肃家是做医疗器械的，她要是生病了，都能买下整个医院。

在世上一切的女人里头，王肃是我见过最会生活的那一个。她会在我从大街上随便拎出来的一家蛋糕店里面坐下后，再去隔壁买一杯热花茶。她说吃蛋糕一定要配热茶，不信你试试？王肃性格细腻，又多愁善感，犹如吉本芭娜娜笔下的倔强的少女，常常莫名其妙不自觉地陷入不知名的情绪中去。

我问她，你有什么不开心的呢？你穿着体面，不差钱，去过不少地方，拥有很多的爱。生活待你不薄，你应该开心起来。

我不懂这样一个姑娘为什么会甘心来到这里——赛城。我的本科，东南亚上的一个坡。这个在炽热赤道旁一年四季盛夏的国家。这里的老师操着印度的马来的奇怪口音，这里的节奏很慢，这里的闹市区像十年前的香港。夜里出门不看好包会被飞车党抢走，一不小心就会得登革热。这里的夏天有赤道上毒辣的阳光。

我也不懂她的转学，放弃英国的签证和最后一年的学费，来男朋友的学校陪读，一切重新开始。把爱情当作生活唯一主线的人生，就像在自以为浪漫无比的冰河上跳踢踏舞般风险那么大。这一切的一切，我都无法明白。

我说，你距离毕业就剩一年了啊，你为什么要来这里?

她冲着我笑了笑："因为爱。我从幼儿园就喜欢的这个人，他是我的同桌。今年他终于答应了我的求婚。所以他去哪里我就去哪里。"此时她手上的卡地亚再不失时机地一晃，本来还想试着八卦她男友的缺点或者举例爱情的盲目旁敲侧击你快走的我，彻底惊呆在她理直气壮排山倒海的少女心和勇敢里。赶忙拿着筷子往空气中一戳，不说了吃饭吃饭。

她说你不知道啊，我和他从小学同桌到初中，初中以后我在澳洲念了女高，后来辗转到欧洲。我在英国的三年时间每天都波澜不惊地生活着，睡觉、起床、吃饭。情绪没有好的时候，也没有不好的时候，上网，学习，旅行。

这么想想一晃过了毛毛躁躁牵个手都会害羞的年纪，也没有了大半夜冲出家门只为了看对方房间里的灯亮还没亮的冲动。而突然有一天，我和他都回国了，在我家门前的那间咖啡馆，碰到他在点我们高中时候常点的喝的，就像被雷劈了一样，想到如果婚礼上他拉着他的妻子正甜情蜜爱低头要为她套上戒指的时候，新娘不是我，多么可怕。洗澡的时候眼泪呼地一下就冲出了眼睛，热水噼里啪啦地淋在脸上。我想我一定要突然破门而入高举起一张卖身契大吼一声"手下留戒！"才行。接着她把桌子一拍，就跟在王府井上盖起了一栋别墅般的气势真是舍我其谁。

你真的没资格去评说为梦努力过的人，就算他的梦想再肤浅，那也是个实打实插在地里的航标，比起还在漫无目的地在原地转悠的人好了不知道几百倍。没有用尽全力去爱一个人去争取一个人的青春多么遗憾。

经历过困难的人大抵有两种，一种是喜欢把苦啊难啊挂在嘴边，一种是表面喜羊羊灰太狼内心却涩成渣。王肃是城乡接合部，她跟你说她的不易，跟你说她经历过的事儿。可对她一脸嘻嘻哈哈无所谓的样子，那劲头就像刚入口的芥末，呛得人鼻子酸眼泪流。她用一种埋怨的口吻和我说："你不知道我决定过来重读大一的时候有多难。"

"我没让家里人知道，直到现在他们还以为我在英国，女孩厚下脸皮去倒追多累啊，我为了追他订婚钻戒是我自己买的，我给他租房子租车，洗衣服做饭。其实我不爱做饭的，他一回家就把衣服丢得到处都是……"可是我在她眼里看到的分明全是甜蜜。

我仿佛看见她转身走掉的时候汹涌而出的眼泪，除了自己谁也看不到的那种百感交集的眼泪，幸福又纠结，不甘又满足的眼泪。我看到她独自坐在飞机上，那种不肯善罢甘休的表情，奔赴爱情这个硝烟弥漫的战场然后把敌人埋葬在婚姻的坟墓里，大家都阵亡了，还剩她这最后一个。

伦敦并无盛夏，于是她来到盛夏。像弗吉尼亚·伍尔芙在遗书中所写——“你已经给予我可能享有的最大幸福，在每一个方面你都做到了任何人所能做到的一切，我觉得没有哪两个人能比我们更幸福了。”但她最终还是选择了在衣服里装满石头，静静地走进了乌斯河湍急的水流。她不能成为一个安于享受平庸的女人。《海浪》最后的几句话做了她的墓志铭：“我要纵身向你扑去，我永不认输，也永不屈服，哦，死亡！”

芭娜娜笔下的主人公少女，经过层层历练，终于拨开云雾，与心爱的人共同步入幸福的殿堂。

故事里的男孩会突然出现在街角的咖啡店。
你太过敏感的灵魂，拼命想捕捉这生命里一丝一毫的闪光点，无法拔腿远离，害怕再回首又是数年。

《爱在黄昏日落时》里杰西与席琳在书店相遇，然而他们只有一下午的时光相处，日落之前，杰西要乘飞机赶回美国。两人在午后的巴黎街头散步，在美丽的护城河上泛舟，无所不谈，兴致勃勃。我喜欢这种，多年后相见的，伴随着回忆的，小心翼翼的试探与迂回的表达，彼此相爱，仍未忘怀，知晓，又不知晓。

真是美。

伦敦第一已婚美少妇

魏秋池突然破产了，他们家具体怎么落难的我不知道。期中考考完之后有一天我乱翻她微博，才发现了她们家以前有直升机。

“家里所有钱都给你了，出去以后一切靠自己。一定要找到一个有钱有权的男朋友，不然别回来。”这是魏秋池妈妈在她去伦敦前说的最后一句话。
整整三年在英国，魏秋池再也没有见过她妈。

有一个煤老板的儿子追求过她。在Mix拿着瓶皇家礼炮和秋池说：姑娘你跟了我吧，以后我让你坐劳。魏秋池笑了笑没说话。

二代疑惑，扯了扯脖子上的大金链子直感慨，劳斯莱斯都不坐啊。
他身边的朋友点醒他，你知道她爷爷和她爸爸是谁吗？
当晚二代就在朋友圈更新了一条文字状态：我觉得自己就是一颗鼻屎。

二代追她的那个暑假，正赶上她刚要升上大学有些心烦意乱。她跑去南山度假，还不知道，她在北京的家被抄了，抄家抄得每一块瓷砖都被敲开，看里面有多少钱。一整个兵荒马乱的夏天，魏叔叔进局子，魏妈妈四处奔波送钱，心力交瘁人财两空。

距离开学不到半个星期，想到女儿身上的时候已然太迟，家里连飞伦敦的一张机票钱都拿不出来。魏妈妈到处借，靠着四处借的最后一点钱，也要把魏秋池送出国。政经院不上了，熟人太多。改去Ulster。因为阿尔斯特只需预交第一年的学费，她妈四处拼凑的那点钱，刚好够交学费。
离别的首都机场里魏妈妈拉着秋池的手对她说：“我们家现在什么都没有了，出去以后一切只能靠你自己。一定要找到一个有钱有权的，不然千万别回来。”
魏秋池颤颤巍巍地拿着银行卡，一副来不及反应过来的样子就这样进了安检，她不敢回头望向妈妈，每走一步，都像对过去生活的告别。
卡里这点英镑，妈妈以前每年做脸的钱，都不止这个数啊。

欧洲大陆那几乎一整天的飞机上足够思考很多。推着箱子踉跄地走在倒不过来的时差里，她就在想到了市区的第一秒应该怎样赚钱，玩了命地打工，花两个小时坐公共交通辗转三个区的中文家教她做，端着盘子被油烟熏溅一整天的火锅店她做，坐小火车到打折村跑代购，不管刮风下雨去邮局寄回国。吃老干妈配面条，精打细算花钱，几乎是掐着人中过日子。

求生的律例原来最简单不过：死不了，也就活下来了。

阿尔斯特是个大染缸，中国留学生圈子尤为混乱，没过多久她家里的故事就被神乎其神地传来传去，秋池从来没有好脾气，爆发点是一个姑娘背了个Birkin来学校，白天上课晚上打工只睡几个小时神色恹恹的她瞥了小姑娘一眼头也没有抬一下便对食堂一桌子的人说，假的。哗的一下炸开了锅，公主病的脸上挂不住，找利比亚男朋友哭诉，寻来一堆阿拉伯人把魏秋池打了。

也是那一顿打，魏秋池突然醒了。也不是像肥皂剧里一秒变身复仇女王，而是知道打工这条路没有出口。

没钱，就要挨打。

心疼她的不只有我，还有她的室友，伦敦夜店里玩得最疯的姑娘小台湾。江湖规矩本是如此，给你买一杯酒，今晚和我回家。魏秋池还是幸运的，什么都没有了，还有脸蛋和身材，和朋友。打工打了两个月，真是瘦，穿着一身黑又高又酷的魏秋池跟着小台湾第一次去夜店，便收到了各种各样一堆的鸡尾酒、朗姆、黑方、威士忌。秋池不喝酒，小台湾很着急。然后她通过各种渠道给老魏找到一个台湾法拉利。

还是江湖规矩。穿一身黑并上半身露出超过三分之一面积的姑娘几乎是出来卖的，如果一桌子全是小黑裙统一高跟鞋几个男人的话她们一定是鸡。魏秋池他们桌隔壁有一桌戴着帽子的BBC子弟，小姐们使出浑身解数取悦子弟们，堆火车，表演姐妹情深拥抱流泪接吻。自己这桌除了小台湾和魏秋池其他全是男的，罗汉局。小台湾扮低调坐在卡座，魏秋池站起来和一桌子男的跳舞。凌晨四点半口渴回家，隔壁座的鸡头拉着魏秋池问，你是哪个山头的，凭什么自己一个人服务一桌？魏秋池笑了笑说："Go back to fuck yourself Bitch。"看，她漂亮得像只鸡。

她的妆容开始变浓，看起来戾气很重，像听摇滚搞写作那一挂的，法拉利车手陈先生是台湾留学生圈子里的知名富二代，开着奔驰去学校见魏秋池。魏秋池看着他一后备箱的玫瑰花说："别闹了。我会和你在一起也是因为你的钱。我这里没有真爱，你要么养我，要么离开我。千万别和我玩真爱，玩不起。"

陈先生幺蛾子见多了反而觉得她这么直接很新鲜，于是操着一口港台腔对她说："这样吧，你今天晚上跟我睡，我按小时给你算钱。"智能手机每年出一部新款，高产的垃圾电影场场爆满，这一季的新衣还没挂上打折标签就已经过时，在这个速食时代，每一个物种都在迅速地更朝换代，爱情如是。

魏秋池背着天大的故事，对谁都不屑一顾的样子，偏偏吸引了宝岛法拉利。

白富美那么多，可是她是那个学校里唯一一个会把TOPSHOP和H&M搭在一起穿既不土又好看的人。她成绩好样子好肯拼搏，是个男人都会心动的吧，我想。法拉利果然沦陷了，魏秋池的眼界和手段果然征服了他。他许诺要娶魏秋池，让秋池和他一起去米兰读研究生，然后一起毕业，结婚。

男人终究是男人，宝岛法拉利犯了所有有钱公子哥都会犯的共同毛病，就是背着魏秋池在外面找女人。

日久见人心。魏秋池一边发微信一边哭，我能有什么资本去和他撕啊。只要睁一只眼闭一只眼让他把我剩下的学费付完，我这几年就不算亏。

直到一个怀孕的姑娘挺着个肚子找到他们在Piccadilly Circus边上租的小公寓。完了，她当时想。

不过那么容易垮便不是魏秋池，活下去远比爱情重要，有钱饮水饱。她洗了把脸冷静下来，点了根烟拉着怀孕的小三坐在沙发上等法拉利下课，我们需要谈谈。

谈分手费的时候法拉利要给魏秋池买几个包，魏秋池说千万别客气太麻烦了，伸出一个手掌要了五万英镑，还是付现吧。这个世界是这样的，笑贫不笑娼。人家平白给你钱，你为什么不要？不能低头啊，低头了就是平凡的面目模糊的某某某，充其量是一个被称赞漂亮聪明的普通人，工作、恋爱、结婚、生子、老去，平淡稳定而永无翻身之日。

睡法拉利挣到第一桶金的她开始出入各种珠宝店，时装店，乡村俱乐部，高级酒店的酒吧间，各种仪式典礼，高级拍卖会，高尔夫锦标赛，机场，私人宴会，哪里有富人经常光顾的场所，哪里就有她的身影。有时候英语好，是老天额外赏给你吃的一口饭。

她知道有钱人一般喜欢赌场，她就去赌场。喜欢晒灯美黑，她就去晒灯机旁假装邂逅。中国人在外国人眼里都是ATM机，一米七几戴着大墨镜在声色场所走来走去的魏秋池从来不违和。服务员看到她的中国脸早就啪啪啪跪一地。魏小姐早便熟悉各种各样的礼仪，她具有有钱人的自信与高贵风度。她做了学校的模特，开始走秀，学校天天有N个男的同时发短信追她约她出去玩，一旦手机收不到信息，她就觉得是手机坏了。苦依然是苦，只是换了一种苦活法。

吃苦是生活的第一步，不迈开这一步，什么地方都不用去。

你认为做交际花不累吗？心理素质干倒一切，旋转跳跃闭着眼。私人宴会是接近有钱人最好的地方，没有请柬的魏小姐却可以在宴会开始后十分钟，趁门房较通融的时候用各种各样的方法溜进去。回到家脱下高跟鞋，一脚水疱。魏小姐魅力十足，张弛有度，和你简单地聊上一两句，便转身走开。却不放弃任何一个愿与她约会的有钱人，然后，循序渐进地让有钱人为她花钱。书上说，你成为今天的你，定是因为一些事的发生，它们或大或小，但必须在你记忆中留下烙印。而后所发生的许多事，或悲恸，或盛大，或悄然而至，都能在这些烙印里找到最初的源头。
魏小姐换到第四个男朋友的时候去曼城算命，灵媒摸着她的手第一句话就是说："你不平凡。很累吧？无忧无虑对你更好，宁可不要钱也别太早接触社会一些黑暗面的东西，不值得。"眼泪像关不上的水龙头，魏秋池直哭得停不下来。

从Lux到老张，魏秋池在伦敦那几年换了好几个男朋友，赚钱养活自己的那几年经历我突然不想写了。她总是在大家都还没回过神儿的时候开始一段新感情，又在转眼间宣布自己重获单身自由。只要你们知道她还活着，而且还活得很好就好，她永远都活在生活的高潮里不给自己留一点点的间隙空白，精神激昂地时刻准备着，也有过几分真心。她如此与众不同这么特立独行如此耀眼吸引所有人都不得不远眺她，或者唏嘘或者歆羡。

你曾以为真爱你的，那些拿着鲜花来的，后来都伤害了你。
你曾以为安全的，后来竟然也抽出一把匕首，闪着寒光冲你笑。

现在的她已做人妇，又回到了巅峰终极有钱的状态。嫁给一个香港富豪，毕业后英年早婚拿了永久居民权把妈妈接到香港和自己住。用半生不熟的粤语打电话过来问我：“我好挂住你啊，你有无挂住我？”

“幸好我是个女的，要是一个男的经历这些事儿，恐怕早死在伦敦了。”

“不往上爬，你对得起你这些年敷过的面膜吗？”

后来有人来问我魏秋池是如何步步为营傍上大款的。最后，没有哪个商圈的富豪会娶交际花，哪怕你不是交际花，年轻美貌但智商堪忧一样会被拒之门外。邓文迪攀上默多克不是因为长相，而是因为脑子。

巴山夜雨涨秋池。

今晚这杯酒，敬魏小姐。

DAGING
ETHICALLY SOURCED
KEJU
CHEDDAR
KRIM KEJU
MOZZARELLA
PARMESAN & CHEDDAR

我们在最绝望的那一刻出走，然后我们看到光明，看到希望。

这个世界总是让我们面面相觑，有时候觉得世界糟透了，脏透了，拼命想要逃离。但是所幸还有远方。

纽约第一辍学美少年

“纽约暖得跟加州上身一样，可惜我不住在这里。我住在北极。”

2月，大秦裹着羽绒服和我Facetime。一边和我哭诉波士顿有多冷，一边点了根爆珠。大冬天抽凉烟也不怕把自己抽死。我一边刻薄他一边催促，老李你快给我发个微信红包。老李说死远点儿我心情不好。

大秦弹得一手漂亮钢琴。去iTunes搜搜可供下载的Dark Blue就知道他确实是个天才少年。你们大概还没有听过他的歌，不护短，他可是全世界最棒的音乐家（至少在我认识的人里面）。小小年纪能写出一整张英文专辑，歌词内涵丰厚值得玩味和推敲。旋律动人编曲复杂多变朗朗上口，听着听着让人全身鸡皮疙瘩冒出来。他可以做任何类型的音乐并且玩得非常好。

我说老李你长得帅有才华面若白玉鬓若刀裁唇红齿白虽怒时而若笑青衫脉脉如秋水披白裳皎皎似明月执剑轻狂拈花倜傥放在古代就是一驸马的命格还有什么不开心的，快回国参加个选秀吧。李大秦说你想红想疯了吧，我才不参加选秀，选秀节目私信找过我两次我都拒绝了。没有一个选秀节目的品质是我满意的，选秀没有前途的，要做一个长久的艺人，命运需要掌握在自己手上。

作为朋友圈子里的辍学先驱，他来找我商量从伯克利退学的事。伯克利，王力宏同款本科，美国顶尖现代音乐学院。知名校友的名字拿出来列清单，能整整排上半本书。巨牛逼一学校。然后老李说，我要退学。

文艺这种东西有着极强的破坏力，对于生活来讲，未免危险。这种时刻想要挣脱约束，从一条循着万人走过的路上，置之死地而后生的浪子心态会让生活更加落魄惨淡。文艺对谋生来讲，无疑是最无用的东西，我念了一年吉林师范的中文系才觉得“钱程”不保，当机立断，出国读商。

不知道哪一天就爆出来的想法，要去纽约，不等毕业，现在就去。有些人只会说，有些人说完会去做。彻夜未眠后决定逼自己一把，然后背着吉他自己到纽约。老李远离波士顿，旅途劳顿、疲倦不堪，寄身在一个曼哈顿从未见过的旅馆房间里，听到的是隔壁窃窃私语的嘶嘶声、旅馆旧木器的嘎吱声、楼上的脚步声以及各种各样凄凉的声音。却不停地擦拭着手中的乐器。

Audition的时候发现New School每个地方都有惊喜，乐队、老师，比预期好太多。而且所有人都那么谦虚，和伯克利不是一个次元。如果没有历尽艰苦，就不能抱怨理想没有实现，那些哭泣流下的眼泪也不会真的闪亮。

老李2月份给我的留言说没目标好迷茫。在进入大学之前，他从未真正体会过孤独的滋味，也从未想过一成不变的生活。突然在伯克利觉得非常非常没有前途，不知道自己要往哪儿走。加上我的想法太多，不知道该从什么地方开始。未来似乎太过遥远，而我们本应该有无数种可能。到现在9月份，他已经开始了在纽约New School的新生活。

大秦说，家里条件好的全都拿了绿卡做ABC了，如此生活三十年，直到大厦塌。作为一个拿着家里的钱出来烧的普普通通留学生再不努力你是要干吗？我被问得哑口无言。感同身受是一件多么可怕的事。大秦的故事里最动人的部分就是他独自前往纽约的决绝和坚持。人一定要往高处走，往大的地方去。看着他一路走来，准备申请时的心理挣扎，放弃波士顿的一切到纽约重新开始的害怕，失去所有朋友的遗憾，感慨万千。努力过了才知道过去的自己是多么微不足道。不断发现以前那么骄傲的自己是个傻逼。

我喜欢高效、清醒的人，他们不问摊贩瓜果甜不甜，他们不追问朋友为什么不和他们玩了，他们所有注意力都在有意义的事上。因为尚且年轻，只有离开才能拥有更广袤的天地，跋涉的途中终于失去了稚气，而变成了更好的自己。曼哈顿夜晚的台灯亮起后，趴在被窝里阅读，哪怕一小段也仿佛顺了气，和万物一起吐纳，呼吸让人轻松。

是啊，连凤姐来了纽约之后都能成为凤凰新闻的主笔，还有谁不能进步呢。

乌鲁木齐第一大长腿

跟着任莹笙玩我学会了好多新疆方言。

任莹笙靠走秀养活自己，签了个模特公司自己赚外快的事迹在我们学校那会儿是一件很酷的事情。她是我们学校的Student ambassador，中国学生代表。全校来自五湖四海各个国家的学生里一定有一个英语最好长得最好看或者最会混圈子讨老师欢心或者最会来事儿的那个人，只有这种人才能做学生代表。市里几所大学有个啦啦队联盟，里面的亚洲脸不多，任莹笙充分发挥了新疆血统的种族优势，只要是同一场秀，中国籍的各位佳丽站在她身边立刻被艳压成树墩子、巨蟒、尚雯婕。

093

她是属于舞台的，别看不收拾的时候也邋遢，可是她只要一走进秀场就会立刻调整出最高亢的情绪，就像刘若英演苦情戏之前，咔的一下调集汗毛、细胞、眼神为表演做准备，全身一抖、胳膊腿起范儿、啪啪啪甩台词，劲劲儿的。她美得如此天花乱坠天昏地暗天马行空，在一众业余的学生模特里无论是眼神身段腿的长度还是身体的纤细与挺拔程度，任莹笙都不输专业模特。

她每晚都要吃维生素ABCDE胶原蛋白葡萄籽还有各种各样我叫不出来名字的养生产品。感觉她无时无刻不在敷面膜，然后就有了这样的电话：“喂，你在干吗呢？”“我在敷脸。”

都说维多利亚秘密秀又叫“Leonardo DiCaprio和Adam Levine的前女友秀”，这可一点都没夸张。这两位模特专业户总共交往过二十一位性感模特：小李子降服过十五位模特，Adam六个。按照花花公子们自己的话说，他们只是“非常热爱女性”罢了。青出于蓝而胜于蓝，没有金刚钻偏揽瓷器活的国产模特专业户马哈哈发迹后娇生惯养，一路从校花睡到小明星，经手的外围小野模更是不计其数。不怎么来学校的马哈哈突然有一天看到了任莹笙穿着学生作品走秀，顿时惊为天人并展开了追求模式。

马哈哈家是一夜暴富那种类型的，小时候流着三米长的大鼻涕数学从来

095

如果没有很多很多吃的，那就要很多很多的爱。

没及格过的马哈哈在多年以后出国，身上的暴发户气息隔着一百米都能感受到，全身名牌，大金戒指拇指上一戴，说话带口音，脸上每个倨傲的表情都写着“有钱”。皮带上硕大的H金光闪闪。跑去问任莹笙要电话号码。任莹笙不像一般小姑娘容易被钱砸昏头，扭头就走。钱能解决的事儿就不叫事儿了，一柄为着饮血而生的刀怎么会满足于西瓜汁的鲜红呢？

马哈哈第二次再见任小姐是在一个局。没有回国的几个中国留学生自行组织了春节联欢晚会，除夕夜大家一起包饺子，消磨一晚彼此乡愁的孤独。得不到的永远在骚动，马哈哈一眼认出任莹笙，盯着她不放。任莹笙自顾喝啤酒，要电话号码的男人千千万，早把马哈哈抛之脑后。马哈哈找上前去，两人聊起来，竟然同是新疆人，他乡遇故知说方言，马哈哈来自新疆克拉玛依，家里做石油生意，任小姐家是房地产。两人惺惺相惜。每逢佳节倍思亲，一个人在国外，没有最孤独只有更孤独，浅浅的乡音和陪伴恰好击中了任莹笙的死穴。那晚的月色下，马哈哈方方平平的脸也变柔和了吧。

阳光底下没有新鲜事。马哈哈没有捧鲜花，也没有送爱马仕。凭着几句方言竟然征服了任莹笙，莹笙对马哈哈的穿衣品位嗤之以鼻，翻着白眼把马哈哈的大LOGO全部收起来，重新给他买衣服。巴宝莉还是巴宝莉，路易·威登也依然是路易·威登。只是这次任小姐全部改了素净简洁的Basic款，不走近看看不出来，马哈哈低调地穿着一身小名牌。任莹笙在学生时代就想着往时装这条路上走，别人在看《最小说》的时候她捧着小姨日本带回来的时装杂志，废寝忘食地看图片。跟着品位非凡的任小姐，马哈哈把自己搞得越来越高端，里里外外都是一国家栋梁形象。

任莹笙在学校附近租了套房。每天早起马哈哈做早饭，饺子面条豆浆牛奶。中餐不好找，就自己在家里做。留学时期的一碗碗汤食，有欢笑，有泪水。任小姐包起头发浸淫厨房，不再走秀。专心在家当主妇。用最赤子的真心，做每一口饭。

任莹笙从女朋友变成老妈子，也越来越胖。两人关系稳定走可持续发展路线，第二年春节一起回到新疆。身材走样的任小姐早已收起锐利的爪牙，伸出肉乎乎的手握着马哈哈，望向马哈哈每一眼都满是柔和与宠溺，就像看着自己的儿子。马哈哈回国一接触那群酒肉朋友立刻变回所有坏样子，混场子。任莹笙常常在客厅坐到天亮，台词里说：“你试过从天黑等到天亮的滋味吗？”夜那么长，任小姐试过了。

剧情依然很俗，出轨。马哈哈戴着任小姐挑的皮带手表穿着她买的衣服鞋子，开X5到2020酒吧，人模狗样。他喜欢上了乌鲁木齐市内的一个哈萨克斯坦脱衣舞女郎。开房的时候发现任莹笙就在酒店楼下等着。那个酒店，是他以前最喜欢带她来的啊。

一个直男，有几分姿色，会穿衣服开名车，做人再矫情点，真是有挥霍不尽的烂桃花。马哈哈具备了花花公子的一切条件，毁掉任莹笙所有对爱情的美好幻想。任莹笙先是又哭又闹，可是马哈哈只让她回家，嫌她失态。最后求了马哈哈一个晚上，任莹笙差点给他跪下了。马哈哈拿出手机里他和哈萨克斯坦舞娘睡觉的照片给她看。他对她说：我不喜欢你了。滚吧。

冷漠、呆滞的表情才是最伤人的。

2014年12月30日，失恋后的任莹笙回了学校。踏进北京首都机场国际航线安检口的那一瞬间，她的眼泪唰地流下来。回来的时候是两个人，回去了只剩下她一个。一人只身前往异国他乡的陌生和恐惧感充满身体的每个细胞，突然就后悔自己为什么要出国。

凌晨两点半我去接机。她坐在边上的副驾驶座上痛诉男人的不负责任与花心。她默默哭了一路，然后在过收费站的时候突然开始补妆。肿着金鱼眼拿出自拍神器开始自拍。我说你怎么还有心情自拍啊。她说：我去他妈的，我失恋已经够惨了再不保持美丽就更完蛋了。

任莹笙搬出了他们一起租的那套公寓。拿着小刀一刀一刀割手臂的煎熬，不如斧头一下砍掉来得痛快。去丰富自己，值得被爱的人总会有一个人来爱你的。你总要把这些荒唐事都经历一遍，才能老老实实回到初设的路子上。好在年轻人犯错误，全世界都会原谅。

任莹笙因为恋爱时不节制饮食，胖了二十斤。减肥几乎是所有女人的课题，喊口号的人很多，而任莹笙是行动的那一个。改变需要决心，要不要改变取决于你给自己下一个决定，是想要，还是一定要。市面上所有能买到的减肥产品和减肥方法任小姐几乎都试过了。断食，灌肠，把最爱的都戒了，每周五次健身房，周末游泳。花大量时间护肤，不吃冷饮，每天泡玫瑰大枣燕窝蜂蜜，硬是在开学前瘦回巅峰状态，不知道比那夜接机时看到的她美了多少倍。

她又开始混圈子了。平面，网拍，杂志，海报，车展。一有活儿就接，在学校做中国学生大使。每天拍照，录音，给学校跑宣传。晚上冻死卫衣下面也要穿短裤，累死也要保持每天洗头。精精致致地做了起来。每个周末去咖啡店跷着二郎腿翻白眼儿，任小姐一路选择跳跃闭着眼，一直混到后来上了杂志封面。一分耕耘一分收获，在哪里都是一样的。

任小姐的杂志之旅轰动了朋友圈，大家纷纷转发感慨哇姑娘牛逼啊。而在任小姐被富二代甩了的时候他们只是冷漠的看客。墙倒众人推，高楼万人仰。出来混不会不知道很少有人会在你落下去的时候拉一把，大部分都是背后把你当作谈资，什么都没有独立自强重要。所以再难过哭完也要化个妆再出门啊姑娘。

经过各种渠道的转发，马哈哈有一天刷朋友圈看到了。得不到的永远在骚动，被偏爱的都有恃无恐。那天任小姐正从机场赶到秀场，在路上开了手机，收到了满满的都是马哈哈的微信。所有的微信只有一个主题：道歉。马哈哈说：其实我还是喜欢你的。而后任小姐大义凛然地回了他一句：去你妈的！

马哈哈千方百计地找到了焕然一新开始新的奋斗历程的任莹笙并没有得到什么好结果。报应不爽，风水轮流转。马哈哈求了任莹笙一个晚上。求她原谅，求她和好。任小姐在酒店倒时差睡了一晚精神大好，第二天清晨点了根烟看到马哈哈给她发的割腕照片，血肉模糊。

整整发了一个晚上的语音，任小姐一句没听，直接拉进黑名单，微微地叹了一声气。马哈哈那被肉欲与铜臭碾压过后的赤裸胸膛里是否还能感受一颗活着的，搏动的心呢？还是只爱艳丽毡帽下的一面粉脸，无生命的红唇，呆滞的眼神，虚假的笑容？

不谅。

当你仗剑倒立时，心中再没有迷惘。

我想跳起来给任小姐鼓掌。青春的死敌，不只是时间，还有渣男。为了别人失去自己是最愚蠢的做法。常有人问任小姐如何减肥。她永远都是一句：世上没有丑女人只有懒女人。善于调理，勇于坚持。瑜伽、美容、饮食滋补、妆容服饰，这些无一不是需要持之以恒的长久工夫。坚持的意义在于坚持本身，而不是在于坚持的结果。有了持的心性儿，做什么都不再艰难。年轻不是资本，年轻又好看，又聪明，才是。

为什么你还不够好？是因为你不够想要掌握自己的生活和未来。沉迷在浅薄的快乐中，期待命运降临的未知感，怀着远超自己能力所及的幻想，心存侥幸，自我麻痹，害怕失败，停滞不前。

有人说任莹笙虚荣，她当然虚荣。

“虚荣会不会有报应？”

102

“要是你真够虚荣，并且愿意努力争取，你的报应会是名利双收，万人敬仰。”

Be a queen don’t be a maid.

Move on.

103

活着不全是风花雪月。用郑重而温柔对待它的心，才能换来它的平等相待。

我的朋友蔡世伟

以前还在东北的时候，蔡世伟总是动辄便拿我是全寝室最小的事情说事，眼神中流露出真诚的羡慕，口气中还不乏忌妒地说：“你真年轻。”蔡世伟是我室友，也是我在东北最好的朋友。我一直觉得“最好”这两个字不是每个人都担得起的。蔡世伟是特容易满足的一个人，这让他有足够的时间去让那些浮游不定的心思全都放任自流，像豢养一群鱼儿一样，尽管它们全都瘦伶伶的，它们从来没有被喂饱过。所以我们每次吵架第二天就能和好。真是没有比娃哈哈AD钙奶更好用的万金油了。

“我们绝交吧。”

“明天我给你买AD钙奶。”

“行了，那我原谅你了。”

……

所以他是简单型的男孩子，希望自己一生平静如死水，能过好最平凡的生活就心满意足了。不想一辈子画画只能卖给收破烂的，也不想爬珠穆朗玛挂在半路的事迹在驴友论坛置顶后消失，也不想和谁私奔或者闪婚吓哭娘亲，更不想认识任何传奇人物最后被他第二人格杀掉。蔡世伟就想好好吃饭好好玩耍，心里有猛虎，干净又简单。

蔡世伟高中的时候是个胖子。有多胖？
二百斤往上吧，根据他自己的话说能瘦成现在这个样子真是遭老罪啦。现在的蔡世伟加上增高垫能有一百八十三厘米可是只有一百四十斤。文学院大二挑得出个儿的漂亮男孩子。蔡世伟说去跑步，当跑到一个点，身体会开心地飞起来。

蔡世伟为了挣点儿零用钱在学校卖起了美瞳，最后不了了之。《破产姐妹》里Caroline的削脸姑妈在她们的杯子蛋糕店破产时说，too big too soon。箴言啊箴言。他说他对大学挺失望的，坏习惯总是在无意识中就完成了。我的心中很清楚，这样混混沌沌地过日子绝对不是我想要的生活，我不想在熟极而流中渐渐放任自己，他告诉我一切要自己争取，或许在毕业后，一份无悔的心情就是交付自己最好的礼物。所以他每个社团活动都吃得开，大家都超级喜欢他。我刚进大一几乎所有的话剧小品都是跟着他排的。

我生日那天逼近期末考，东北零下三十摄氏度。他和小耗子两个人冒着大风雪穿过师院走到小市场给我买大蛋糕。生日愿望是我和朋友们永远开开心心健健康康地在一起。蔡世伟会替我喝酒，自己白的啤的喝得跟孙子似的一点都不含糊。回到宿舍就开始吐。

“你知道喝酒时开心的秘诀吗？是只喝开心酒。”
“那么伤心的时候怎么办呢？”
“伤心的时候，就饿肚子，当减肥。”

蔡世伟有天当着一大桌子人的面儿，他拿白酒我拿可乐，对我说宫井你知道吗我大学朋友交下的并不多，你是我第一个南方朋友。然后他哭了，我也哭了。蔡世伟是未曾开言先笑场的男孩子，面上什么都不懂，其实心里明镜似的呢。

有段时间我过得非常糟糕。烟一包接着一包，酒一瓶接着一瓶。常常失眠，翻来覆去就是睡不着，遇到了生活的碾压。蔡世伟和我说要保持健身保持清醒，坚持早睡早起。整个世界都是按日出日落安排运转的。晚起晚睡逃避了很多和别人的沟通，实际是轻度自闭。如果需要和人社交来往的话，最现实的办法是大家都同步到朝十晚六，把放松独处留给晚上。别熬夜，除非你是艺术家、成功人士、特殊职业，或者美国股市的操盘手。

107

可惜我什么也不是，而蔡世伟毕业之后进了房地产，我一直以为交房租、打工、修空调这种词，永远都不会出现在蔡世伟的人生里。他给我看他初中二百斤的照片，那个戴着白色眼镜、头发像稻草、黄黄胖胖的他，已经随着身体里大半个他的脂肪流失，消失了。

其实远没有那么多的第一，我朋友更多的是像蔡世伟这样的，平凡的，却坚韧的普通人。
谢谢蔡世伟。也谢谢我的朋友们。

生活待你不薄，你应该开心起来。

PART 3.

春风十里，不如前任暴毙

十七岁的失恋跟十七岁的谈恋爱好像一样剧情单纯，当事人以为自己的故事很壮烈，观众看起来不过如此。

陌上花开，可缓缓归矣

这次是阿躁第三次戒烟，又失败了。

一个月没抽觉得很不对劲，戒断反应明显。失去尼古丁的作用，她变得有些烦躁。有天她收到一封以“陌上花开，可缓缓归矣”为标题的来信，起初，她有些想不起来这个人是谁，看到后面突然烦躁到不能自已，翻箱倒柜找出藏在电脑桌转椅后面的书柜里的烟，点燃，打破了信誓旦旦和烟友承诺过的“谁再抽烟罚谁一千块钱”的赌咒。

阿躁是自由撰稿人，她写文章的时候习惯点一根烟，每个创作者在写东西的时候都有自己的习惯，香烟是她寄托创作灵感的安全感。撰稿人这个职业，是以学者的姿态钢琴师的情怀智者的语言，配上小说家丰厚的生活与创作经验去点燃他人思维的燎原大火。然后自己挣扎在温饱线上下，说白了就是穷。

阿躁大学毕业以后立志做一个文艺复兴的文学青年，用年轻承担着她所有的不理智。聪明和不俗的文笔让她有了一众微博粉丝，大家皆以为阿躁是情话博主，她的短句符合现代人的阅读，依靠着她的句子受众们消化着自己所剩不多的文艺细胞。2012年年初，她在一个作家协会的晚宴上认识了一个小说家。两人都是写作者，说起来都是表面风光，其实背后辛酸。两个人惺惺相惜，陌归是一个极具个性的人，恰巧阿躁也是，相互吸引是必然的。微博彼此关注，经常私信聊天。某一天阿躁无意对他说了句：不要再找我说话，不然我会爱上你的。过了一会儿他回道：爱上就爱上咯。阿躁当作是玩笑，竟也有些窃喜。依然保持联系，微博互动次数越来越多。

像三流小说里的那只带着情绪的蚂蚁一步一步朝着最深处跳动着的心脏爬行而去，然后把旗帜朝着脚下柔软跳动的地方，用力一插——哈，占领了。

不久以后阿躁的父亲突然因为心肌梗死去世，天大的打击让她断了和外界的一切联系，整日缩在一个小小的房间里。再回北京已是8月，辞去了杂志的工作，不知道接下来要干什么，甚至想逃离北京。重新打开手机全是陌归发来的消息，她回电话过去，告诉他发生的事情，并表示，她现在不需要任何人。然后他说，我想去北京找你。虽然阿躁明确表示她不会见他，但他还是飞快地买了火车票。他抵达北京的时候阿躁知道，拖了十来天才决定见他。然后迎来了人生第一次一见倾心。

陌归的爱，就像他为小说人物取名时的信手拈来，带点灵感式的冲动。他对阿躁说，我真想真想跟你在一起，和你开始一次漫长的西藏之旅。但阿躁无比理智地用了一根烟的时间告诉他，我们不会在一起。因为当时的她负能量爆棚，自己的生活都过不好，怎么能再去消耗别人。当天晚上那个男孩哭了，半个月后他离开北京，而阿躁也只能说一句“一路顺风”。

但人就是奇怪的动物，她当时那么年轻，加上他的一见倾心，怎么可能说放下就放下？2012年国庆节，阿躁告诉陌归自己要去嘉兴出差，顺便看看他。他是江南水乡的少年，唇红齿白鲜衣怒马。其实阿躁哪里是出差，单纯就是被心事折磨得快死了。买了机票，又转了一次火车。抵达嘉兴时是黄昏，那是她见过最美的黄昏，后来她再也没有像那天一样，在黄昏里站了许久。彼时被阿躁拒绝后的陌归在西藏独自旅行，他得知后，从拉萨离开赶回嘉兴。

为爱走天涯这事儿我们年轻的时候都没少干，再见面的也不尴尬，更像老友重逢。他为阿躁安排了住宿，开车带她把当地吃了个遍，两个人都没有提起是否要在一起这件事。临回北京的前一天，他们凌晨两点驾车出去吃炒馄饨。嘉兴是一个人口极少的小县城，夜里的星星特别多，阿躁喜欢站在窗前静静凝望冗长的街道然后转身和陌归的目光交接对望。阿躁说她从没见过这么好看的星星，陌归没说话笑了笑。突然那个笑容让阿躁觉得，嗯，就是他了！第二天的飞机回北京，陌归买了芝士蛋糕在酒店喂阿躁吃，那是知夏第一次乖乖地张开嘴脸红得一塌糊涂，培育了二十年的高冷范儿一瞬间都土崩瓦解。

陌归突然问她：我们现在算在一起了吗？
阿躁说：你觉得呢？
他说：那就算啊。

阿躁清醒地听到，当她伏在他肩头因幸福而喘息时，几乎夺眶而出的眼泪告诉自己，多么感激，曾经一无所有，因此，我的生命此刻才如此丰盈。
你喜欢的人也刚好喜欢你，是全世界最幸福的事情。

阿躁回北京以后和陌归每天联系，天天两个小时电话。初冬时他突然来北京找她，计划着要不要就这样一起生活在北京，他当时没有固定收入和工作时间。阿躁转了业在一家传媒公司做文案，陌归在北京的半个月里，白天阿躁上班，他就乖乖在家看美剧，打游戏，有时候写写稿子，等阿躁晚上回来吃饭。当阿躁计划着要换间大房子的时候，陌归突然有事去了广州，他到广州之后几乎不再与她联系，阿躁痛苦了半个多月，在一个周五终于受不了了，打了个飞机就去了广州，落地，打电话，他说忙。她自己一个人在广州待了三天也没见到陌归。回京后阿躁发了条信息给陌归说，你这个态度，我不知道应该继续爱你还是放手。
他回复：放手吧。

阿躁三秒内拉黑删除了所有联系方式和网络互动痕迹，心再暖，也因着那个人一点一点冷了下去。好的爱情故事是这样的：平淡的，没有大船船头上的拥抱，也没有生死之间的患难，两个人之间的静默与呼吸，一眼万年。所有过于炙热的情感和人都来得快去得也快。

那年北京的冬天特别冷，南方也下暴雪了，春节联欢晚会上有人用暴雪堵着道路不能回家过年的哏煲了一碗心灵鸡汤小品。

也不知道怎么又再有的联系，四月天。后来陌归给阿躁打电话，终于说出了当时分手的原因，因为那时在北京，阿躁身边一些所谓的朋友给他灌输压力，于是他就真的认为两个人不合适。阿躁笑着骂了他一顿，骂着骂着就哭了，然后复合了。同年5月她在右侧肩胛骨上文了那句：陌上花开，可缓缓归矣。旁边是一朵血色的红莲。陌归同时间也文了一句她的名字。

在时光清瘦的那些年，嘉兴依然是嘉兴，一副将暮未暮与世隔绝的江南小镇缠绵的模样。
不变的是星辰与光影交换的深沉，而嘉兴的人，却涌向远方的喧嚣中。
后来，陌归在拉萨开旅馆，年中时去北京看了阿躁一次，10月阿躁去拉萨找陌归。阿躁觉得当时他并不在乎她，他更愿意陪着朋友喝到烂醉也不愿意在旅馆陪自己，忍无可忍的时候终于吵了一架，当时在一家露天餐馆，她哭得稀里哗啦，他筷子一扔就走了，周围全是人，中国人外国人。

同年2月，他说要出国了，和一个在青年旅社认识的外国老女人结婚，拿绿卡。

阿躁默默回了句：好，从此以后滚出我的世界。再次迅速拉黑他的所有，买了瓶伏特加在家里狂醉了三天暴瘦六斤。第四天决定出门，第一是因为太饿了，第二她觉得我靠，我也不能死去啊。于是去狂吃了顿海底捞。

此后半年，再无他的任何消息。刚开始和他在一起的时候，阿躁觉得爱情就像天一样大，他让她今天辞职与他浪迹天涯，那阿躁明天一定不上班。其实他就像一颗种子，三年前飞落到阿躁的心里，但是早已开出了花。后来出现的那些人，总觉得差了点什么。

他们共同的朋友常常为这段感情的潦草结束而不甘。

后来，他们共同的朋友告诉她他还爱她。

他们共同的朋友告诉我这第二次分手也是个误会，那句：那个美国老女人说要和我结婚，拿绿卡。下一句是：我拒绝了，我的英文不太好，但我也要跟她说清楚，我爱的女人是阿躁。可惜他没来得及发给她她就把他给拉黑了，电话也打不进来。

一着下错，全盘皆输。幸福似抽丝，苦难如山倒，一环扣一环，仿佛多米诺骨牌。

她哭着质问她那他可以打给你啊，朋友说之所以没打是因为他想冷静下来考虑一下两人之间的相处。

如今陌归远在纽约，他们之间甚少联系，他们两人的恋爱方式令很多人不解，不是正常情侣该有的样子，互不打扰，偶尔联系，像一对老友。她会给他看她写的文字，他会给她寄他写的小说。数次说让阿躁去纽约，他招待她。但这几年下来，始终都是顾知夏独自一人去往世界各地。

她将这段感情形容为最清澈的纠葛，一段有无数时差的柏拉图，将他誉为自己的灵魂伴侣。但她现在始终无法准确定义灵魂伴侣的含义，有些人认为是救赎和拯救，但著名的超自然心理学大师认为是折磨。

现在的阿躁终于学会了在现世磨炼中开始打磨自己，独自吃饭独自看电影独自旅行，她加回了陌归的微信，她没有大吵大闹，只是默默点了一些赞。当然会觉得孤独，但也是一闪而过。以前总想让陌归给她一个承诺：我们永远不分离。经历了分离才懂得承诺是世间最善变的，现在什么也不想要了。如果以后能在一起，是爱情给她的幸运；如果不能，我想那时早已将自己打磨得越来越闪亮漂亮。既然那么美，还有什么好怕的呢？

我们都在爱里互相伤害，遍体鳞伤后仅存的可能是最后一点点的奢望和自尊。而那些自尊，是被命运之神折腾得遍体鳞伤后的避风港，是退无可退的悬崖。

問題ない

不是爱风尘，似被前缘误

这间意大利餐厅的对面是个废弃的教堂，现在改成了酒吧。

如果非要将教堂和酒吧扯上点儿关系，大概都是借助外物来麻痹神经。

吧台的位置是原来的唱诗班站台。在郁达夫的散文里，苦闷的主人公时常自己一个人出去夜走，然后在天亮时走回家。

今天刘娜娜又走到了这里，孤独坐在酒吧一隅，落寞又悲伤。她学着爱情电影里的女主角撩头发，几乎要撩断了来。好心的酒保怕她秃了头，赶紧递上一支烟。刘娜娜装腔作势地抽了一口，连咳了半分钟——

沧桑是演不出来的。沧桑都写在脸上。

越是缺乏，越是渴望。

比如刘娜娜的意大利前男友。她看上他什么？还不就是他的一脸沧桑。

那个四十出头的意大利人，他特别喜欢带娜娜去艺术画廊和独立电影院。他们还在一起的那年春天，娜娜翘了一下午的课陪他去看一个女行为艺术家表演，六天不吃不喝，然后躺在旁边一个巨大的冥想室里昏昏睡了午觉。他们还去看单人话剧，观众不超过十个人，座位近得能看到演员脖子上的青筋。看完他们跑去一个民谣酒吧外喝酒，听喉咙沙哑的歌手唱lolita式的爱情故事。

他比刘娜娜大二十多岁，他抽骆驼或是绿摩尔，喝不加冰的杰克丹尼和tesco上架的平价红酒，听很老的爵士和70年代的欧洲funky舞曲，擦古龙香水戴袖扣和方巾。他能提供所有二十岁出头的愣头小伙给不了你的：那些高级饭店和社交party，轻易地发现你的G点并且游刃有余。和他一起坐在沙发上看电影，他的香烟圈所吐的全是情欲。他就像是《单身男人》里的Colin Firth，再准确点，就是Tom Ford那种类型的Sugar Daddy。

也是因为他，刘娜娜从此以后会来意大利餐厅约会，那时娜娜还不是素食主义者，每次约会她都必点一打生蚝。有阵子他想要换工作去伦敦，他摸着娜娜的手，难过地说，也许这是我们最后一顿饭了，然后又说自己居然这个岁数还没定下来。娜娜之前从来没觉得他年老过，但是那天他被桌子上的烛光映照得，又苍老又狼狈。一想到可能再也见不到他了，当时她也难过得掉眼泪。

可是和他在一起，到底得到了什么呢？他带娜娜去高档的百货公司；陪她看画展，吃从来都不敢进的餐厅。他潜移默化地改变娜娜对生活的品位。娜娜记得有天晚上，和他坐在沙发上看gucci1997的春夏发布视频，他说那是gucci最好的时代，于是日后娜娜在和别人谈论这些时也顺口而出这句话，同时也惊异地发现在他身上自己学到了多少装逼的本领。他不仅仅是催熟剂，甚至有点拔苗助长的意思。和他在一起，是不能随便因为被放鸽子这种小事而闹脾气，就连俏皮话都要说得恰到好处。娜娜不能上演一切年轻情侣之间的对手戏，因为他们俩从来都不是对手，他撒好所有的面包屑，娜娜亦步亦趋地走到陷阱。就像他偏好一切淡苦的口味，她取出自己蓬勃的心脏然后放在压抑的盒子里，最终变成和他同样的，风尘仆仆的旧灵魂。

二十岁的坦荡荡和四十岁的欲语还休，一开始的一往情深便是一桩悲剧。他不懂汽水的肤浅，她也慢慢开始厌倦红酒的酸涩，再深的沉溺也有浮出水面的一天。在每次要去酒吧夜店的时候，他都很疲惫地说不如待在家看电视好了，或者是你拥抱他时，不经意地触碰到有些松垮的肌肤。所有这些时候，刘娜娜就会突然短短地清醒过来。对于一个金星天蝎来说，娜娜的控制欲在生活的不同步调下无法实施。趁着还清醒，除了仓皇而逃，没有别的出路了。

分开后总有一些时刻，娜娜会为自己而感到可怜。像得了一场重感冒：晚上睡不着觉，翻来覆去听歌失眠，又气又恨又不甘心。体重也降得很快，嗓子眼变得针尖那么细，吃饭要按粒算。不想社交，不想说话，无法集中注意力。可怜自己想要对自己好点，却先会觉得为什么他不体谅自己，于是想着想着就觉得，惩罚自己让他同情是唯一的出路吧。

而让她不齿的，不仅仅是对自己身体的不爱惜，而且她变成了曾经自己最讨厌的那类人，为爱情要死要活，尊严扫地却还死皮赖脸地幻想以后会好的。不潇洒却又想逃离。冒着2012年不列颠最大的雪，带着没有电的手机，一个人坐着末班火车去奔赴一个揣测。“到底值得吗？”并不只是火车票。而更多的是，放下内敛和尊严，义无反顾地去相信，他是值得去爱的。

说到底，她只是个年轻姑娘。再演出一副生无可恋的脸，她的灵魂是滚烫的。

最后刘娜娜终于站在了利物浦那个小屋子的前面，她看到了那个姜黄色的窗口投射出来的温暖的光，妻子站在桌前为丈夫盛一勺肉丸汤，她看到她的眼里尽是平凡而满足的光。

《老友记》里莫妮卡也曾经谈过一位爱抽雪茄看“二战”战争片的男朋友，叫理查德，对方也正好比她大二十岁，最后分手的时候，莫妮卡难受得要死要活。可是想想，他们真的在一起后会是怎样呢？生活毕竟不是伏特加和古龙香水做成的，而他们大多数的结局，参考Tom Ford和Richard Burkley，找到属于自己的另一个理查德，一起又仙又灵地听黑胶而已。

刘娜娜还是喜欢豆瓣直播爱情故事。她还想因为爱情而失眠，而寻死，而坐在地铁上哭红眼睛。她还想尝试一切尼古拉斯•斯帕克思式的爱情，那种用尽力气，必须要淋雨和奔跑的爱。她还要再年长几岁，再爱过几个负心汉，才能幡然醒悟，变成一个有节制的女人，像简•奥斯丁笔下的矜持和内敛的情感，双方明码标价公平交易，一物换一物，却再也没有真心实意爱过谁。

刘娜娜掐灭了手里的烟头，从吧台上坐起来，慢慢随着音乐摇摆。她明白，她年轻，又漂亮，用不了一会儿，就有人凑上来搭讪的。

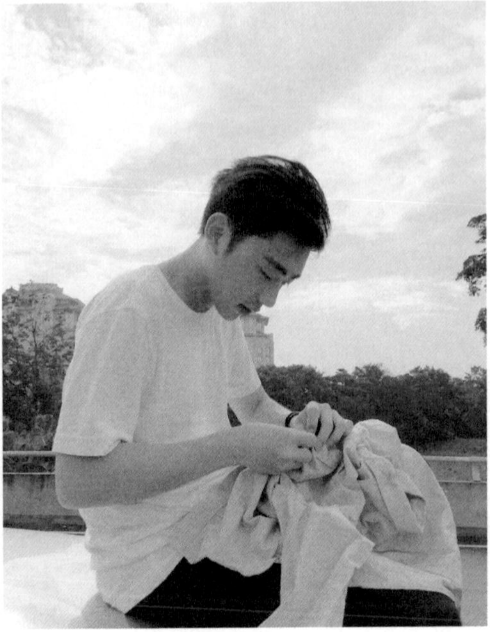

春风十里，不如前任暴毙

二

太吵了——

早晨七点半的出租屋。隔壁施工队过早地开始发出声嘶力竭的噪声。二楼的房东太太穿着拖鞋噼里啪啦走来走去，磨一碗早起的豆浆给她高三的儿子。隔音效果不好又阴暗潮湿的房间，冬天早早不怀好意地在这个冬凉夏暖的城市里上演。

宋清挣扎着把耳眼埋在枕头里，连续一星期高强度的工作，加上熬夜星期六的加班，好不容易可以睡一觉。正要辗转勉强睡去，却听到房东太太搬小板凳坐在一楼开始与街坊七嘴八舌地讨论起来。她想尖叫，还有什么事情比周末被强行吵醒更烦的吗？没有了。当初贪图便宜才租下了这个离工作单位并不近的房子。等再攒些钱明年换个更好的房子吧。

其实宋清的生活不只苟且，还有远方。高考后一心怀抱着律师梦想来到这座城市。

只是夏天的燥热耗尽了斗志。主任画的大饼，里面包着石头，硌着牙还不能吐。两年间写字最多的是每次考试。被考级的书山题海淹没，几次考试的挫败感逐渐淹没了年少的热情。过早地踏入“辛苦奔命”的一群，宋清只知道那时候校园里没有什么比分数更代表一个人的价值。好像也是从那一年开始，一直都是仰望“院子里高墙上的四角的天空”。高考时心想考出去就好了，她当时这样想。然后她考出去了，一所离家很远的普通大学。

今天的宋清很孤独。一个人在一个地方，待久了说不上是孤单还是叫寂寞。这种感情细微到消失在每个眨眼的瞬间，一旦爆发出来却挡都挡不住。

收到上司加班信息的时候，偏不巧，下雨了。一个女生，每每下雨总是不安分。从来未细数过一个下雨天，滴滴都砸在心头。可以是矫情，可以是呻吟。近来略显忙碌，散漫惯了的人却也总是能够偷闲。

宋清打开叫车的软件，站在路边等着。

透过疾驰而过的车辆溅起的水花看到马路对面背着双肩包从补习班下课

的青少年们，心想挑灯备战高考的花朵们啊，痛并快乐着吧。你们正在散发着光与热，这时的你们地理历史函数古文英语都信手拈来，看看我们这些结束不到一年的人还知道些什么。

痴情即是一桩惨剧，大一填了和男友填的同一所学校，分数高出这所大学一大截。偏爱文科却走上建筑专业，却是无关喜恶，但真的是活该。窗子该开多少，门要多高，楼梯要几层，窗离门要多远，楼梯离房间要多近，一个都说不上来。

大一下学期和青梅竹马的男朋友分手，看着上了大学仿佛变了一个人的他，她咬咬牙没有说话。分手就分手，只是还在一个学校难免抬头不见低头见，试着失去联系，看胸口左边会不会痛。很好她不会，早忘了什么感觉了，只是有时想起还会闷而已。

车到了，正要感慨现在出行方便。
只是坐上车的一瞬间，她呆住，接着整个人都木了，头皮一麻。那感觉就像是在一场比较重要的考试中作弊被抓住。驾驶座上的那个男孩，是姜成。
人在绝望的时候总会想一些莫名其妙的事情，那个十分之一秒的时间宋清的脑子飞过了无数个思考片段：
“滴滴打的打到前男友的车”；
“女乘客杀死司机暴尸荒野”；
“上高速抢夺方向盘同归于尽”。

每个标题都可以上三流晚报的头条。

那个美术学院的女孩，在画姜成的时候，总是眼角噙着笑，即使隔着手机屏幕的距离，看到她微博上PO出来的图片宋清也可以清晰地感觉到她的喜悦。她紧紧地抿着嘴角，却仍然可以看到弯曲的弧度。宋清那么一瞬间忽然无比地嫉妒她，嫉妒得要发疯。她也随手拿起一个本子，翻转过来，在背面开始画姜成的速写。毕竟建筑系要求美术功底，姜成的形象渐渐跃然纸上。他安静地坐在那里，手臂垂在身侧，衬衫的纽扣扣到最顶。姜成的鼻子很好看，都说男人五官里最重要的地方就是鼻子。姜成的鼻子的确给他加了不少分。最后一笔落下，她在页脚签上自己的名字。然后再撕掉，真是可笑。就算自己画得再好，画得再快，姜成也再不会爱上她。

姜成坐在前面明显也有些紧张，鼻头全是细密的汗，像极了高二的那个夜晚。从初中起一直和他在一起，小小的城市里两个人上同一所初中，同一所高中。甚至毕了业宋清也不顾自己高出许多的成绩随他填上了同一个志愿。高二宋清意外有了他的孩子，晚自习的时候二人商量打胎，姜成鼻头流出的汗和今天的一样多。

“宋清？！”姜成惊讶地盯着她，似乎没有想到二人会在这样的场合相遇。

宋清深吸一口气，试图让自己不要看起来太狼狈和奇怪，有的时候会过分敏感，这总是带给她极大的不安。

“师傅，麻烦您去××大厦。”
“你过得好吗？”姜成忽然问道。
“挺好的。”

“看不出来啊。”姜成透过后视镜反复打量着宋清的脸。宋清有些不知所措地别过头。

最见不得的，就是前男友突然出现，自己却没有化妆，狼狈地裹着大衣。而他，却开上豪车在这座城市稳扎稳打落下了脚。

宋清原本有些绯红的脸色瞬间白了下来，她不知道姜成是什么意思，想要炫耀，还是看她出丑。心跳几乎都顶到了肋骨上。人在极端紧张或者害怕的时候会有想哭的冲动。比如那次被班主任强行分了座位，比如被姜成刻薄的母亲咒骂不要脸。她紧紧捏着自己的手臂，慢慢地把脸埋在围巾里。她怕自己真的会控制不住哭出来啊，丢不起这人。姜成不是个聪明人，但是对付她的心眼一直很够用。

明明是他劈腿在先，明明是我为了这段感情几乎付出了全部，他凭什么在这里耀武扬威？

“我一切都很好，事情过去很久了。你也别放在心上。”

开往公司的双行道上姜成一个劲地在说自己毕业后的创业，如何如何白手起家如何如何努力拼搏，什么时候买的车，什么什么时候付了首付，晚上睡地板，白天当老板。

宋清盯着窗外，有一句没一句地听着关于姜成直男癌的成功学演讲。那些躲在门后端着一盆水准备互相偷袭的少年，蹲在食堂后面把偷偷抽完的烟头远远一扔，名字写在高考后成百上千撕掉的书本中的一页上，转身跳进茫茫人海，再出现时还是成了酒桌上带着笑分发名片的那一个啊！

宋清甚至有些恨自己，为什么没有抓住他的心。付出了这么多年的青春啊，用尽全力对一个人好，她不会说美好的情话，只想在柴米油盐中彼此走过每一天，洗过的衣服晾在一起，手和手牵在一起，偶尔争吵或是想念。也不是没有回头找过他，可是一回头他却更轻贱自己。

“你看我这台奥迪，虽然贵是贵了一点，可是这性能真是没法说啊。”

“嗯……”宋清有气无力地回应了一句，她只想快快下车。她在姜成眼中看到了得意和刻薄，他现在的样子就像是个争宠的孩子，心态和行为都幼稚得可怕。就在这时车载电话响了，姜成下意识地按了接听键。

原本放着肖邦《B大调夜曲》的音响传出了一个中年男人的声音：“喂，小姜啊。等洗完车就把车开回公司，妮妮等会儿补习班放学了你去接她一下，车钥匙放她书包里就行了。”

“好的……老板。”挂断电话姜成转身惊恐地看着宋清似乎还想要说点什么。“那个……我……”

“好了，别说了，前面放我下来吧。”宋清从来没有这么有底气地说过一句话，“车费我会微信支付的。另外这二十算小费，司机大哥您辛苦啦。”停车，开门。宋清反手重重摔上车门，独自走向了公司。前任什么的，就该意外摔下阳台，游泳溺毙，出门被车撞死才好呢。

有些人，他们走进你的生活，你会因此活得更好。而另一些人，只有让他们滚出你的生活，你才能过得更好。

还活着就必须得自拍

柳诗诗是表演系的姑娘。

眼看着北京舞蹈学院门口停着的豪车接走了她一个一个室友，诗诗有些生气，先是在微博上发很多自拍，后来看到过来点赞评论的都是一群苍蝇，干脆连微博也不发了。

读她们那个专业的女孩子多少有些表演型人格，太过戏剧化的性格，常常会因着一些微小事物将不良情绪无限放大，沉浸其中无法自拔。仿佛为自己写好了一句句悲天悯人的台词，设计了一个个风华绝代的场景，搭配了一幕幕的浩大深情的剧本，大有要把日子过成摄影棚的状态。

一屋子学表演的，矛盾不断，可想而知。

演员的悲哀和无奈也与常人无异。留在宿舍的几个人总是因为一些小事争吵，今天谁用了谁的牙膏，明天谁动了谁的洗面奶。诗诗在心里是看不上她们的，名媛最次也得被大款强奸过吧，北京五环外都租不起房的就不要一天到晚嘟着个嘴自拍了。诗诗觉得自己和她们不一样，在南方家境颇为不错的她成年后虽迈进北漂这个族群，却不曾落魄。

于是柳诗诗就搬出去住了。柳诗诗喜欢粉红色，在宿舍里用大粉总是被舍友们嘲笑真俗气，现在好了，从地毯到浴巾全部由着自己的性子来。在北京，搬家是件平常事。诗诗和追求她很久的K同学将原来的老旧房子重新收拾了一遍，贴上Hello Kitty的壁纸，再添上宜家的家具，整个屋子就成了有少女风格的舒适小屋。诗诗在床头柜摆了一棵盆栽，是风信子，水培植物好养活也容易开花。对于有点懒惰的她来说，最合适不过了。

搬出去以后她的桃花反而变好了，A先生一个月会来看她一次，K同学周末有空也会来坐坐。

柳诗诗也不知道自己每天跟陀螺似的忙些什么，总没有闲的时候。外卖盒子摆了一地，加之她抽烟，原本粉红色的地毯上落上许多灰，看起来脏脏的。她永远是在A先生到访的前一刻打扫房间，常常收拾出好几袋生活垃圾。

然后他们在整洁一新的地毯或者刚刚铺好的床单上做爱。

A先生许诺她，想要红我有一千种方法可以帮你，你可以去我朋友那里拍戏，我给你介绍导演。将来我要在我酒店给你开记者会，你要去世贸天阶我也可以提供场地，世贸天阶那整条街都是我朋友开的。

诗诗听他舌灿莲花，仿佛真的有了恋爱的心情。柳诗诗长了一张话不多的聪明人脸，应该是比较淡漠、安静、冷心思的人，偏要在A先生面前去扮演那种表情丰富的甜美女孩，也真是她活受罪。跋涉的半路上突然冒出来的A先生，填补了她因着感受到个人情绪的渺小从而衍生出的孤独感，他似乎有些缥缈，然而却真实，并存在她心中。

柳诗诗做着少奶奶的梦，觉得现在家里乱虽乱，以后便会有菲佣来打扫。周末拎着全家的大袋小袋来看她的K同学却觉得她的房间连落脚的地方也没有了。她敷脸是为了给A先生触摸到光滑的肌肤，化妆是为了假以颜色，就连衣橱里的新衣服也是为了取悦A先生而买，平常在家清汤挂面。诗诗已经没有了自拍的心情，有了爱情，社交网络这种东西不玩也罢。

那天下着小雨，诗诗的马桶又堵了，她穿着破裤脏拖鞋蓬头垢面地下楼买一碗牛肉面，没想会碰到突然造访的A先生，A先生见到她，有些皱眉。A先生责怪诗诗上不得台面，诗诗羞赧不已后悔自己为什么没有画个眉毛再下楼。两个人默默低头吃着碗里的面，都没有说话的欲望。

用过早饭A先生坐上他的奔驰绝尘而去，入夜转眼在微博发了他在酒吧搂住衣着光鲜的姑娘照片。诗诗看到微博后崩溃地大哭一场，她给自己化了一个浓妆，去夜店门口等A先生。在发了二十条微信和打了五个电话没人接的时候，诗诗失魂落魄地回家了。

以色事他人，能得几时好？她翻出一本《一个成功女孩需要明白的一百件事》，一边读一边落眼泪。书里说年龄大了，会体会到不是所有事情都可以用大吵大闹去解决和结束的，因为没有用，当你真的失望彻底了，你自然会安静走开，如果你还会大声争吵，只能说明自己心里没有伤透，还抱有期望。不如让自己的心去决定命运流向。为了将幸福紧握在自己的手里，为了用爱报答爱你的人，你要改变，要有善待自己的心。

故作镇定的诗诗开始收拾房间，刷了马桶。我真脏啊，她心想，就和这个房间一样。拖了一晚上的地腰酸背痛也不知道自己是怎么睡着的。

次日诗诗买了酒，她拿出两个杯子，她想喝到六亲不认身无分文。独自往A先生的杯子里倒了酒，然后自己喝掉，然后对着他盖过的被子发呆。电影里失恋的人要过三十三天才能康复，她又怎么可能因着一本心灵鸡汤就抽丝剥茧焕然新生？深刻的人性不是一经阅读就能被理解的人性，思想灌输的惰性剥夺了他人思考的权利。想来这人世间，总是离别多于相聚，失意多于欢欣。

喝到哭，喝到吐，喝到摔倒。摔倒后她不仅不站起来而且会索性坐在原地并从包里掏出一瓶酒开始喝，喝完蜷缩在墙角睡觉。

K同学来陪过她一段时间，劝她戒酒。看着她躺在床上哭，泪水从脸颊两侧滑落至枕巾。诗诗问K同学能不能借点钱买酒，K同学说你如果跟我好，我命都给你啊。诗诗突然有些震惊，想到原来自己还有人珍惜和喜欢。于是她和K睡了，K同学视她如女神。他笨拙地亲吻着她，试图在诗诗身上留下吻痕。柳诗诗没有责备他前戏不足略显少年郎的生涩，却没想到临门一脚，K同学却紧张到令人绝望。

柳诗诗起身穿好衣服，把门一开对K说，你走吧。
她以为是自己没有化妆的脸将他吓到疲软，那一刻她突然对男人绝望了。K同学满脸通红，不停地说着抱歉，诗诗却听不进他说的任何话。没有一个男人是好东西。

双重打击下的诗诗终于约了几个月都不曾联系的好友出来坐坐，她的好朋友刚刚离婚，也背负了一段失败的曾经。诗诗走过去，拥抱了她，泪水不觉浸湿了彼此的肩膀。那天诗诗与她在一家麦当劳坐到了天亮，她很少说话，只是一直在强调："走出失恋的唯一方法就是坚持，坚持拉黑，坚持不联系，坚持远离他的生活。听起来很困难但无疑是个好方法。时间是个很残酷的东西，坚持久了，你就会不知不觉将那个人抛到脑后。"

当新的一天太阳升起时，诗诗坐着第一班地铁回到了学校，尽管还是会止不住流泪，但是抬起头仰望天空就觉得会好一些。世界又重新张开了怀抱，她怎么能有理由拒绝它。

熬了一整夜素颜上了一天课的诗诗回到出租屋，打开水龙头任意让水流下。今天好几个同学关切地上来询问她是否病了。看着镜子里自己憔悴的模样，她突然意识到她贫瘠的颜值支撑不起这么盛大的做作，她须得把自己照顾好，过精致的日子，过有品位的生活。那些关于外貌的虚荣心是她生命的全部了。

那晚诗诗找了部周星驰的电影，她看喜剧真心笑了，不再流泪而是想一想自己有什么不足，痛一痛困了就睡着。第二天她把房子退了，拿了押金给自己买了一套化妆品。香奈儿丝绒43的颜色真是太好看了……我的天。她在朋友圈里自说自话，朋友们哄闹她传一张自拍。于是诗诗真的找好了角度拍了照片，不规律的饮食搭配酒精让她看起来很瘦，甚至不需要用美图秀秀推脸。那张照片立刻收获了许多赞，就连宿舍里的小姐妹们都纷纷评论：你回来吧。

她尝到了甜头，在微博也发了照片。看到自拍引来围观，诗诗的嘴角微微上扬。诗诗在朋友圈里图文不符地说，要把自己当成世界上最重要的人。不要在有人造访的时候才匆匆收拾房间，不要在准备跟他约会的时候才盛装打扮，要知道世界上最重要的人是自己，而不再是要面对的某个人。其实你不知道我每次认真熨裙子搭配高跟鞋化好妆再面容冷静地出街的时候都希望可以碰到你，笑那么一下给你看到，然后告诉你，你配不上我。

接着她删掉了A先生的微信。

柳诗诗搬回了女生宿舍，在一个晴好的日子，天空有些APEC蓝。她找了一张捧着一束鲜花精心修整的自拍照上传微博，说：

我为什么喜欢自拍，因为我是这操蛋生活中最美好的事情啊。

你曾以为真爱你的，那些拿着鲜花来的，后来都伤害了你。

你曾以为安全的，后来竟然也抽出一把匕首，闪着寒光冲你笑。

第一日：伯明翰

陈墨第一次出国的时候，才刚初中毕业。那一年，他跟着母亲坐飞机到伦敦，再搭火车去了伯明翰。

母子两人在维多利亚广场下车，看到很多很多的雕像。每个都对他怒目而视，看得陈墨背脊发凉。他有点怀疑，自己是不是做好准备要在这个城市生活，生活到他也不知道哪一天。

他住在一个半地下室的房子里。英国的天阴沉沉的，每天必须拉开临街的窗户，才能略微看到几缕光线。总是有英国人三三两两路过他的窗前，或是牵着狗，或是气喘吁吁地跑着步，陈墨看着那些没有见过的高鼻梁和彩色瞳孔，以及偶尔停下来的小动物，瞪上两眼，又拉上窗帘——太陌生了，他宁愿选择与世隔绝。

路边还有很多餐馆，大多都是印度人和穆斯林开的。比起他以前生活的八点钟准时熄灯的城市，不知吵了多少倍。那些深深浅浅的黑色的脸，全部是他头一遭见到的奇特景象。继父的车就停在他的窗前，那辆面相不太好的车，内饰也不怎么样，唐人街的楼凤们时常把印着自己照片的名片夹在车窗上。

那年陈墨的母亲改嫁，在离家十五分钟脚程的博物馆上班。游客们乘着小船随运河顺流而下，对着她吹口哨。那天的前一天就在下大雨，一直没有停。车里的空调被继父开到嗡嗡作响，她坐在继父的边上，放心地脱下高跟鞋扔在副驾上，转身抱紧了陈墨涕泗滂沱——放心吧，放心吧，咱们现在好了，什么都有了。

但陈墨觉得头顶凉凉的。母亲嘴里一边念叨着，一边扑哧扑哧地流下泪来，滴在陈墨的头上。更奇怪的是，她眼里哭着，嘴上却还笑着。没人知道她是开心得哭了，还是难过得哭了。陈墨不知道，他也不想知道。他只是个孩子，他不必知道那么多，他也蒙着被子偷偷哭过很多回，他觉得自己能够理解妈妈——离家那么远，无论为了什么，总归是要哭一下的。要不，岂非显得太过薄情了。

146

第二日：伦敦

陈墨的母亲生得极美。胸口有一排玫瑰花的刺青。

陈墨打小没有长在母亲身边，他宛如一个陌生人，初来乍到，石破天惊。陈墨只是个初中生，没出过远门，认识的人很少。他的世界很小，母亲改嫁了，他世界的半边天就这么塌了。看着父亲颓然消沉的那段时间，他头一次觉得自己这么窝囊。常常也因为没有母亲被学校的同学嘲笑，欺负。

大概是为了弥补陈墨，母亲想带着他去坐欧洲之星，一场穿越整个西北欧的亲子旅行。

清晨到伦敦，如果加上上次转机路过的话，这是陈墨第二次到伦敦了。竟然在巴士上瞎转转出了亲切感。伦敦出了二区，整个观感和英国其他城市就非常类似。大片的绿化，两三层的同质化居民区摊大饼似的往外扩张。

他们在特拉法拉广场晒太阳，待到五点多的时候母亲突然决定去AA（Architectural Association School of Architecture）朝个圣，陈墨不想去，母亲坚持与他探讨她的信仰。查了一下发现竟然隔市中心如此之近。隔中国城三站路五分钟就到。到了AA门口，发现就是一排民房，陈墨看不出任何神仙出没的迹象。和伦敦二区的大部分民房没有太大区别。陈墨能料到它的低调，但料不到它竟低调到近乎消失。

陈墨在神堂门口与母亲大吵一架。行人听不懂国语，大概觉得中国人讲话都大声，便神色匆匆地离开了。

“你太自私，太心狠。你根本不配做我妈妈。”
“墨墨你别这样。妈妈要心寒了。”
“Fuck off。” 陈墨讲出了人生第一句英文脏话。

陈墨是恨的，恨母亲心太狠。恨她没有坚持自己的抚养权，恨自己不完整的童年。最恨她抛弃父亲，为了一张绿卡。纵然聪明过人，富贵荣华，却还是败给了寂寞世界一点红尘。然后牵扯他来到英国水土不服，食用无法下咽的餐饭，乡愁是汪海峡。陈墨恨她。

第三日：巴黎

一路和母亲龃龉不断。在车站等去巴黎的欧洲之星号列车时，陈墨在车站门口看着发地铁报的爷爷，颤抖着手给路人递报纸。并不是每个路人都会感谢，有些顺手薅走，动作机械而冷漠。

法国和英国有一个小时的时差，到了巴黎才发现，英语甚至还不如中文好用。地铁站沿路换乘和进出站，竟然几乎都没有电梯扶梯。拖着两个大箱子上上下下深深的地铁，陈墨住的地方在中国城，城市规划建筑设计像极了浦东，加上大部分中国人，一种穿越感，一点不像是生活在开口说“Bonjour”的地方。陈墨在路上看到两个二代移民小朋友，黄皮肤黑眼珠，自然而然地讲着法语，虽然本质上这和其他二代移民讲当地语言一样，但陈墨觉得一时没有缓过来。

他们随便在埃菲尔铁塔一带晃了一圈，觉得这个铁塔基础部分设计得挺漂亮优雅，半圆弧形以上，就看不出有什么高明。跑到对面，看到一堆一堆的老鼠在公园里面抢食儿，妈妈吓得大叫一声躲到陈墨身后。青春期的男孩子总是长得快，不知不觉，陈墨已经比她高了。

母亲吓得鼻尖全是汗，简直像个孩子，哪里还有往日一副贵妇人的骄矜与得体。

有些矫作，他想。

第四日：苏黎世

从机场走出来的时候，街上还是湿漉漉的，陈墨呼吸着这城市的空气，并没有想象中的激动。

苏黎世是比巴黎还要古老的商业和文化中心，她更像个寡淡而优雅的老妇人，随时笑迎八方客，却不会刻意为你做点儿什么。人们从世界各地来到这里参观，苏黎世对着他们点点头，随即挥手而去。

路边一个金发男孩给母亲送了一朵玫瑰，母亲礼貌地说笑寒暄，抬起手来，手上的戒指迎着晨曦发亮。陈墨开始有些意外，哦，原来妈妈的英语这样好。

太阳雨下，陈墨一边走一边和云朵玩捉迷藏，只为在阳光洒下来的一瞬间用相机把它抓住，然后扬起嘴角一笑。

终于有了一些旅行的心情。维持一天的走马观花，离真正了解一座城还差很远。也许陈墨还无法捕捉到这座城的细节，但是他感受到了它的气场，剩下的只能感谢这次相遇。或许这也是他和母亲之间该有的相处方式——莫谈前尘往事，只说风花雪月。

第五日：古堡

参观希隆古堡的开始，陈墨走在最低端，古堡也就是拜伦笔下波尼伐的囚禁之地。那房间几乎漆黑，只有几个小口可以透过一点光，而他猜想这大概也是后人开的。透过小口，能隐隐约约看到日内瓦湖和对面山的分界线。

走到城堡上层，他逐渐感受到了城堡中的美好，大片阳光从窗户里透进来，完全没有底层的绝望之意。透过这扇大窗眺望，隐约可以看到对岸的日内瓦湖，这样的情景才算是接近了他童年时期对城堡的幻想。可惜，这里有希望，也有绝望，所以叫城堡。

母亲站在古堡上望向陈墨，她的眼神有些疲惫，却很清澈。陈墨别过头去不愿意看她。

第六日：伯尼尔

他们在伯尼尔停留的时间非常短，只有不到三个小时。既然如此短暂，母亲还是决定登上城市最高点，伯尼尔大教堂，她的信仰，遇到教堂一定要拜拜。

“我曾经做了很多不得已的事情。希望能得到救赎。”母亲牵着陈墨的手，给他买了一包当地咖啡糖。

母亲在明信片里写了这样一段话：家庭出身有时候真的很重要，并非单纯的贫富，而是观念的“贫富”。有一个优秀的母亲和家庭环境，有时候真是一种幸运。如果你出身贫寒，你的父母很可能并不比你聪明，他们所谓的经验总结和人生智慧更可能错得离谱。记得去读书，读很多书。

第七日：慕尼黑

第一天熙熙攘攘又乱糟糟的Marien plaza；接近两小时的将近崩溃的中餐馆寻找之旅，以及那顿比陈墨自己做的还要难吃的油腻的中餐，他们居住的宾馆周围的脏乱差，印象很差。慕尼黑，一座大城市，但不像欧洲。

旅游书上星期天的推荐是参观博物馆和美术馆，因为今天的门票都是一元，比平常会便宜太多。陈墨本来满心期待，因为对于艺术，他是个极度贫穷的人，就像金钱之于大多数人一样。而他的母亲，从小便喜欢这些，外婆是典型的上海女人，穿着旗袍上厅堂下厨房。外婆家教甚严，须一世得体。可事实是，他们的大半个上午是花在寻找的路上，以及乱打乱撞进了一个陶土品展览馆和埃及展览馆。下午一点多才找到第一家现代艺术博物馆。

入了夜，母亲买了红酒。他们住在十七楼的酒店，母亲给陈墨倒了一小杯，说，睡前饮葡萄酒好睡觉，你可以喝一点。

不知怎么的，她一杯接着一杯停不下来。陈墨想过去劝说别喝了。走近发现了母亲耸动抽泣的肩膀。

她与陈墨述说这一段婚姻的悲哀与无奈。

母亲从上海远嫁福建，嫁过来了以后才发现一切都与想象不一样。陈墨出生的那个小城。从小学起，他和同学们学习的唯一目标便是“离开这儿”。高考后，他们中的一部分满怀着欣喜离开了家乡，在大城市里追逐所谓的梦想。父亲是家里唯一一个大学生，老实巴交地在医院供职。

有情饮水饱，柴米油盐酱醋茶。母亲心比天高，父亲兢兢业业。世界观不一样要在一起生活，像两只相拥取暖的刺猬，太痛苦了。

第八日：柏林

有了一晚的吐露心事，陈墨和母亲关系有些缓和。他突然可以理解，这个世界上每个人都只是为了活着，有人优雅些，有人挣扎些，有人麻木些，如是而已。

初二那年母亲回国看他，得知陈墨在学校被骂没妈的孩子，气冲冲大闹学校的事情，现在想起来依然暖心。

下午去逛了集市。这是个有人味的地方，很像国内的菜市场。商铺摆得乱七八糟，头上搭着的塑料棚钩心斗角，人声鼎沸，大家操着各式口音的英语砍价还价。陈墨深深地吸了口气——他似乎觉得有点儿活了过来。母亲的眼里也亮起了光，他们一路走过了太多的博物馆和奢侈品卖场，却还是头一遭来到这种小集市。陈墨想起小时候来，那些母亲还愿牵着他的手，到菜场里买一把葱的日子。

陈墨在集市给母亲买了一条桃心叶子的项链。他俩挑了很久，跟老板争得面红耳赤。那项链不过十几欧元，她却很高兴，像收到了价值连城的稀世珍宝。

第九日：罗马

到了意大利陈墨突然病倒了。扁桃体发炎，开始发烧，浑身发寒。

陈墨以前生病母亲总是很着急，抱着他入眠，给他煮粥。

母亲不通意大利语，陈墨不知道她是从何处寻来这样多的药。回到酒店用冰袋给他敷头。她抱着陈墨，陈墨面对着天花板流泪，泪水悄悄从太阳穴两边滑落至枕畔。有多久，没有被妈妈照顾过了。

“妈……”母亲看着陈墨发烧小声呼唤她，眼泪蓦地流出来。

“你别怕。男小囡，就要硬气点，哭什么啊。”陈墨明明没有出声，但是母亲却清楚地感觉到他在哭泣。她以为陈墨被病魔吓坏了。其实这是那熟悉的，妈妈的爱啊。

“陈墨，你是个好孩子，你是妈这辈子的骄傲。我知道你偏向你爸，这些年他一个人既当爹又当妈挺不容易的。改嫁自有妈妈的难处，但我不后悔和他夫妻一场。你要帮我好好照顾他。”

“妈。”陈墨一开口，眼泪又无法控制地流了下来，“你别这样。你跟我回国吧。和我回家。”

——“妈妈这一辈子啊，再也不想回到那个山城了。”

第十日：开罗机场

病好以后陈墨坚持要回国，不想留在这里读书。母亲哭成个泪人儿，陈墨却很冷静。他似乎有些想通了——无论她做过什么，经历过什么事情，身边的人来来去去，她始终是他的母亲，只能是他的母亲，这一点无可置疑。无论他们相隔多远，他们始终彼此相爱。

母亲和继父来送他，陈墨拥抱了他，也拥抱了她，感谢她这一个月的陪伴。继父是个面相和善的男子，陈墨相信他会待母亲不薄。再说了，母亲那么聪明，才不费他操心呢。

而爸爸不一样。爸爸在家一个人，还等着自己照顾呢。

「十五岁的火光映在你坚定的脸上，泪干的男孩开始了流浪的旅程」

姥姥的馄饨

此刻陆远坐在由伦敦飞往赫尔辛基的飞机上，心情复杂。

已经慢慢适应了英国的时间，不会再在半夜突然醒来。从一开始分不清六种类型的便士，到熟记触碰时手感的辨识。这个阵雨频繁的国度，时常是阴郁的天气，偶有阳光充沛的日子就得躺在草地上打滚欢呼了。人生悲剧有二：一是欲望无法得到满足，二是欲望得到了满足。但无论如何，已经了却了一桩心事。陆远不吃馄饨这事就像穆斯林不吃猪肉一般偏执。

陆远是跟着姥姥长大的。

老年人没什么拿手菜。那个年代过来的，白菜肥肉炖一锅，粗粮馍馍蒸几个，便能过年了。那些东西，陆远自是不爱吃的。但唯独一份馄饨，姥姥做得尤其好。姥姥做的馄饨，皮薄，馅厚，久煮不破，弹牙爽口。这诀窍都在那馄饨馅儿里，馄饨里的肉末，是她起个大早，去菜市场挑选肥瘦适中的鲜肉，再混了独门配方打成的馅儿。陆远挑食，只爱吃馄饨，姥姥就变着法儿包新花样。有时是白生生的虾仁，拿绍兴酒裹了蛋清；有时是脆萝卜搭配牛肉末，再淋上羊排熬的高汤。

陆远吃着这馄饨长大，一直到了十八岁那年。高中毕业后，陆远的父母攒了点儿钱，突然说，要送他去英国念书。

“阿远你要去哪里啊？”

“我要去英国读书啦！”

姥姥不知道英国在哪儿，没那个概念。她一辈子没走出过这座城。对她来说，要上了火车，几乎就等于准备登陆外星球了。听说英国是要飞机才能去的地方，她的脸色一下暗了，看着陆远低头吃馄饨，偷偷拿围裙抹了抹眼角，怯生生地问：

“你是不是不回来了？”

陆远嘴里包着面皮儿，赶紧含混地说：“回来回来，当然回来。从英国飞中国，七八个钟头就到了——七八个钟头，不过睡一觉的事情！”

听说睡一觉就能见到陆远，姥姥破涕为笑，连连念叨，能回来就好，能回来就好。可她转念一想，脸又沉了，她说，以前她看电视，《北京人在纽约》什么的，里头那些出去的中国人，可只能给人扫地端盘子呀——陆远是她的心肝儿肉，她怎么忍心让陆远去做这些粗笨的活儿呢？

姥姥转身进了卧室，踩着小板凳，从柜子最上面拿下个铁皮盒子，颤颤悠悠地递到陆远手头，说：“拿着，饿了就换点钱。学习要紧，别去那些不三不四的地方做活。”

陆远打开盒子，里头装了三两件首饰。镯子、耳环、项链，从成色和品相来看，估计在伦敦也就够一个月的饭食。陆远鼻子一酸，什么也没说，默默收下了——他不想拿去换钱，不过给自己留个念想。这些东西不值钱，但它们是姥姥的全部。

陆远想起了小学时候，那时他们还住在胡同的老房子里头。姥姥蹲在窗外干活。那时他父母刚外出打工，日子远比现在难过。姥姥的退休金不多，便另辟蹊径，一是帮人家洗洗衣服，二是在小院子里开辟了个小菜园，种点儿青菜水果，偶尔还养三两只兔子，给外孙儿补充营养。姥姥的腰不好，只能蹲着种菜喂兔。蹲个几分钟，腿麻了，头也晕了，便又站起身来，长长地吐出一口气，再接着做活。陆远趴在窗台上写作业，时不时地探出眼睛打量姥姥，一个多钟头里，她能蹲蹲起起十几回。

春天时候，院子里种的几株草莓结果了。姥姥满脸欢喜地摘下几颗，忙不迭地洗干净了给陆远拿去。那时草莓可是稀罕物，一年也吃不到几回。陆远想给姥姥嘴里塞一颗，姥姥急急摆手说，别，别，你可别坑我，姥姥牙不好，吃了嘴里酸！

陆远便也信了。只是他不知道，姥姥牙不好，虽然吃不得草莓，但陆远吃剩的兔子腿，姥姥能吭哧吭哧地把骨头嚼碎了咽下去。

陆远的生命像一张白纸，姥姥提起画笔一笔一笔丰富他的生命。岁月最终落成一幅油画，而姥姥的头发也白成了雪，飘落在画中。

陆远喝光了馄饨碗里的汤——吃了这碗，不知道下回何时能再尝到了。

在伦敦，陆远曾光芒万丈地想靠着自己的力量养活自己。他在兰姆公馆附近的一家火锅店打工。火锅店在伦敦西南部学区，离政经学院、帝国理工很近。他在火锅店认识了形形色色的中国留学生，陆远口才好见识广，交到许多朋友，他很开心。那些留学生里头，不乏财大气粗、见多识广的，他们带陆远开了眼，看了看伦敦这资本主义的花花世界。陆远先是惊讶，然后羞愧，他觉得自己的前十几年都白过了，这世界上远有比草莓和馄饨好得多的东西。他为自己的少见多怪羞愧，更为家里人的囊中羞涩而羞愧。

161

大二暑假回国时，陆远的心特别漂。他的父母回乡了，在市里买了房子。那是新盖的公寓，原本是陆远一家念想了很久的。可如今他觉得俗气，不够宽敞，不够亮堂，装修也不够档次，中国欧式风，那算什么呢？欧洲哪个国家他没去过？品位不知比这高到哪里去了。他只爱拉着一帮子狐朋狗友往酒吧里跑。至于坐车三个小时才能到老房子，他更是懒得去了。他最怕一去，姥姥就得端出一碗热气腾腾的馄饨，逼自个儿咽下去——他觉得自己长大了，成熟了，要割舍和过去的一切，拥抱全新的生活。就像婴儿会断奶一样，如今他已不爱吃馄饨了，更不会承认自己爱吃馄饨了。姥姥呢，十天半月探望一下，良心就过得去了。

大三时，陆远恋爱了，没回国。

又一年，陆远回国，一整个都往北京上海跑。他的留学生朋友们都住那儿，大都会，洋气，人家肯接待，又好玩儿，为什么不去？他们在上海的西餐厅里谈笑风生，说着这只羊腿不够嫩，那块牛排又太绵，只听得店员脸上红一阵白一阵，想挖个地洞钻下去。

临近毕业前，陆远回国找工作，终于抽空去陪姥姥住了几天。她拄着拐杖，缓慢地移动，吃力地挥舞着手臂，笑着迎了上来。踉踉跄跄的，像陆远孩子学步时看到她赶集回来时一样。那时她怕陆远摔倒，总是扔下手里的东西跑过来抱起他。这一刻，陆远也扔下手里的东西，迎上去，扶住了她。

姥姥比以前轻多了，身上带着一股衰老特有的气味。那是时光沉淀下来的，腐朽的，混杂着药草和泥土的气味。他搂着姥姥，久久说不出话来，他不能理解，不过四年，不过四年啊，为什么姥姥就老成这副模样？除了眼眶里还闪烁着的那份慈爱，面前这老人，哪里有一丝一毫脑海中姥姥的样子？

老年人和小孩子的时间过得特别快。嗖的一下，他便长大了；再嗖的一下，她便衰老了。

回到学校的陆远常常梦到姥姥。他的姥姥早早地守寡了。她所有的心思都放在子孙儿女的身上，默默无私奉献着。陆远的父母很忙，便把他放在姥姥家养。从陆远牙牙学语，到识字认人，姥姥的身影，填满了陆远整个童年。他要好好孝敬姥姥。

而姥姥去世的那天，陆远正在火锅店里打工，是表姐拨来通微信语音，哽咽着告诉他，姥姥走了。陆远立时顿在那里，耳膜像一下子关了起来，原本热闹的大厅陷入一片死寂。他转身回到厨房，偷偷给自己倒了一杯酒，想压压惊。就在那琥珀色液体流入喉咙的一瞬间，所有的回忆像是全部复活，画面狰狞地向他扑来，狠狠碾过自己的脑神经。

他想起了那些草莓，还有那些馄饨。

草莓好说，馄饨难求。他发疯似的满伦敦乱跑，想找到一碗馄饨吃。最后，他在一间上海人开的小铺子里，找到了那种个头特别大的馄饨。汤碗里无精打采地漂着一些紫菜和虾皮，下头埋着几颗个头贼大的馄饨，像潜伏已久的海军陆战队。陆远红肿着眼睛，狠狠吸了一下鼻子，大口吃进去，又大口吐出来，如同嚼蜡，食之无味。陆远的泪水决堤般向碗里掉。滚烫的泪水，就像是身体里唯一有着的温暖。一种难以言喻的疼痛充斥全身。

他发誓：

我这一辈子，再也不吃馄饨了。

长不过一晌贪欢，短不过人走茶凉

1.

为了欢送归国侨胞大迪回资本主义，大家相约到KTV去唱歌。

三更半夜勾肩搭背拎着半空的酒瓶子摇摇晃晃走进包厢。大迪打电话给每个人要了双人份的麻辣小龙虾，我盯着她用一种赞许的语气骂道，真是浪费钱。后天她要去香港了，然后接着飞美国。

大迪这次回来参加婚礼，毕竟多年不见，同学们决定以她的名义组个局聚一聚。我们的高中群体超级幼稚，一个男生有女儿了，大家让他晒一下小孩，他还没来得及反应过来，其他男生就开始互相传阅彼此的手机照片：“这是我儿子。”

看着林小姐的扑克脸越来越冷，我只好牺牲小我奔赴谐星路线点了《小苹果》暖场救急。
大家都喝了点酒，我们在笑声中舞动着。这时不知道谁点了一首《生日快乐》。

今夜 有人陪你庆祝
不枉 我一年的孤独
请你 原谅我 不多写一个字
像 普通人模糊
多一字 多份痛
今夜 我不想哭
Happy Birthday To You
Happy Birthday To You

我们这几个跟林大迪相熟的，知道大迪和她的名字一样大剌剌。开心就是开心，难过就是难过，脸上藏不住情绪。林夕的词一响起，刚刚还在嘻嘻哈哈的大迪，突然瘫在沙发上抽噎起来，哭得像雅思考了4.5。

大迪是生日那天分的手。

2.
他们的爱情，没有像大家一样在十七岁的时候以悲剧结局，伴随着大家最纯最真的那个最初的梦一起破灭，流下晶莹破碎的泪水。而是在所有人不看好的情况下坚持下来。

大迪的的确确明明白白地幸福过。从芝加哥到伦敦，跨过五个小时的时差，用手机三百万像素的前置摄像头来真心实意地爱一个人。曾经趁着圣诞节放假飞到英国找那个男孩，哪怕只有一个月短短的时光，大迪觉得自己已经挥霍了所有。

大迪的男朋友陈晨，是她高中时代的同学。第一眼见到陈晨——这个名字里有个太阳的男孩子——的时候，大迪的目光便被他身上的气息所吸引，高考前的百日誓师大会，台上学霸扛着满腔热血怒吼："人生没有如果，命运不相信假设。"明明在座的都是年轻气盛的孩子，大迪疑惑，为什么他看人的眼神会如此从容。

高考以后的那个夏天，大迪穿着百褶裙大大方方地出现在陈晨面前说："走，我们去吃麻辣烫。"刚刚打完篮球的陈晨拿起手中的水大口大口地喝，用单眼皮的余光不可置信地偷瞄面前这位姑娘。
那年，他考上交大。而大迪高考失利去了美国。
他从南方来到这个陌生的城市读大学，领略到了干燥而湍急的夏天在这里流逝。她从芝加哥坐火车去华盛顿，在白宫前面比画剪刀手合影。

有了相爱的人，无论独自做什么，都不孤单，不害怕。深夜写论文可以跟他求安慰，自己一个人吃饭打工逛街可以跟他求表扬，看到悲惨压抑的故事，大迪心里想想“我还有他”，也咬咬牙自己走出了最开始的困境。最怕心里空着，即便坐在闹腾腾的人群中也会觉得寂寞。

芝加哥的雾和风呼啦啦卷着路边的落叶，连同时光一股脑向后吹去。没有等到大迪荣归故里，陈晨就抢到了系里送去英国合作院校交换的名额。大迪心花怒放，在朋友圈狠狠表扬了陈晨的壮举，一边夸赞着自己挑人眼光不俗。每天更是勤快地视频，打电话，陪伴他驰骋飞翔和探索他的领域。顶着大眼袋和时差等电话，把多余的时间都小心翼翼地拨出来，凑一起为了让他好好睡上一觉。

大迪对陈晨说，等我从资本主义荣归故里以后，我就要和你去爱琴海边人迹稀少的小镇生活。你每天要给我买一万朵玫瑰花，如果没钱买一万朵，那就用你的爱偿还。

3.

在后来的故事里，大迪开始只是以为他在忙别的事，没有看到，于是等下去。结果一等等到了凌晨三点，再也没回复。大迪说在人际关系中我最讨厌的处理方式就是忽视，有什么事你可以直接跟我说。但真的不要不跟我说话，你大概不会知道等一个人的回复等到凌晨三点会是怎样的心情。

然后关了机。

第二天早上醒来立刻收到一千多字的回复。

至今还很记得的是那句话："我以后再也不会冷漠你，我保证。我再也不会让你等晚安等到凌晨。"

那时候，没有想过以后会有多久。后来。她是他两段感情的接口。
陪你结束，看你开始。

以"学姐"身份出现的吴箐箐是陈晨出国后遇到的所谓贵人，她没有嫌弃陈晨没钱没车，拉着陈晨满世界跑。每年的交换生里总是不乏小鲜肉，陈晨考试失意之后举起酒杯的动作更加像个有故事的人。于是他便成了学姐眼中的盘中餐。

学姐轻松穿梭在陈晨生活的方方面面，今天生病了拿粥送药，明天下雨了接送学校。Instagram上全是她和陈晨的照片，做了最新款的微晶瓷下巴搭在陈晨的肩膀上妩媚得像个青蛇。

那头白素贞还在美国的雷峰塔下准备毕业论文焦头烂额，有天翻翻失去联系好久的许仙微博，终于发现了一条条暧昧不明的留言。

大迪觉得小青蛇根本构不成威胁，依旧摆着正房的仪态睁只眼闭只眼。
陪伴者一向都是安静的，她有足够的信心相信走到今天这一步的这一段感情。在独自醒来的微凉黎明中，以及触摸不到对方的深夜里，她还默默惦记着陈晨的熟悉眼神和声音。

陈晨结束交换，回国前一阵子去了新加坡，大迪才发现了吴箐箐的微博里全是失恋的言语，原来他们是真心相爱过。肉体出轨大迪可能猜到了，最害怕的是，精神出轨。

晴天霹雳。

4.
在大迪二十四岁生日那天，陈晨打来电话说生日快乐，大迪冷静地说了声“谢谢”接着提了分手。陈晨说，这样莺莺燕燕都是没有感情的。喂，我们多少年了，你怎么狠得下心说分手。我爱的只有你啊，我出国种种也是为了我们未来的人生规划。

以前一吵架大迪就哭，这次她都没哭就是摆证据讲道理，然后全身发冷。多想拿刀捅他啊，捅都捅不到。
后来大迪自己又去了一次华盛顿。在车站候车厅背着重重的包看着开往车次，川流人群，拿出的饼干掉在地上眼泪突然落下来。因为陈晨与她提及的梦想，是和大迪在华盛顿市领证，然后站在白宫前面照婚纱照。凌晨在寒风中，大迪没有带身份证，瑟瑟缩缩地走过一条又一条长街，差一点露宿街头。
原来那年去英国找他的时候，他就已经和她睡在一起了。

“哈哈哈，真是跟美国政府一样天真的爱情啊。”大迪那头嘀嘀嘀发过来失眠微信。失恋状态千千万万种，大迪是表面没事咬碎牙混着眼泪往肚子里咽的那一个，越悲怆的时候越想嬉皮。

5.

至此林大迪与陈晨失去联络快半年。不去刻意数日子，因为早知道那已是徒劳。这是一场关于彼此的博弈，若你决心忘记，我便不再记起。

大迪回国，陈晨和她同一个城市却从来没有说过话。

大迪去参加婚礼的那天很忙碌，会场里面和外头一样金碧辉煌。大迪穿得漂漂亮亮，包了一个体面的红包给新娘，在幸运抽奖环节大迪还抱回来一台饮水机。大迪在朋友圈发小视频，她说她没有掉眼泪，她说她很好，终于解脱了，可以不再为陈晨的幸福负责。但看到新郎向新娘下跪时她还是湿了眼眶。

新娘一身雪白的长婚纱款款而至，牵着新郎的手，缓缓穿过大厅，笑容灿烂，光彩照人，间歇还温情脉脉地对视一眼。大迪拼命鼓掌祝福这对新人，真好啊。两个人爱情修成正果，然后终有一天陪伴相处成就了亲情。大迪想到自己一路上寂寞比爱更拥挤，自己确实不擅长演出这样的可歌可泣。

大迪在婚礼上感慨良多。想起那些自己回过身却找不到那个熟悉的人时脑海一片空白的时刻，那些想哭却要拼命忍住泪不知道如何是好的时刻。想到了那个每年生日都送上祝福的人，那个知道自己咖啡要加三勺糖的人，那个宠溺着自己肆无忌惮的坏习惯的人。然后在别人的婚礼上鼓掌，微笑，流泪。

那个在心里就是独一无二不可取代以为随时回头就能看见就可以依靠的人，可是自己呀，最后还是失去了那个人。以后终会遇见世上的更多人，唯独不会遇到年少的你，做尽糗事穿梭大街小巷躲藏的你，互相耽误学业的你，从不掩饰真性情不计较大事又因小事常常怀恨在心的你。怎么可能再去寻找一个你，去填满我的下一季青春。

有些人的离开，就像是去街角转个弯，他只是蹦蹦跳跳地走下楼梯去买冷饮，买完了，站在楼梯口，咚咚咚地敲门，笑眯眯地提着塑料袋子说，亲爱的，我回来了。而有些人的离开就像是一场无目的无期限的远行，从他踏出脚的那一步起，就注定不会再回头。

当一切都已经无法回头的时候，爱的路上只有你自己。

6.

大迪回了美国。芝加哥的午后，她窝在沙发上，给自己裹了一条薄毯。初秋的天气有些凉，窗外不时有微湿的风吹进来。桌上搁着一杯凉了的乌龙茶，厨房里正在烧着一壶水。

早起没有吃早饭，熬夜写论文，不在预期里的工作量，男朋友稍显冷淡的语气，和好朋友吵架哭鼻子——那些青春岁月里的惆怅，倒像是水流到了加州的阳光下，一点一点都被蒸发掉了。

桌子上还静静躺着上个月的请柬，上面用烫金的大字写着：

新婚之喜

新郎：陈晨

新娘：吴箐箐

去丰富自己，值得被爱的人总会有一个人来爱你的。

你总要把这些荒唐事都经历一遍，才能老老实实回到初设的路子上。

177

你好啊 董小姐

董小姐有点失落。

她本以为，在看到辞职申请的时候，不说如丧考妣，总监脸上多少该露出些诧异来的。

谁知总监只是慢慢将头从桌上的文件堆里抬了起来，瞥了董小姐两眼，伸手扶了扶鼻梁上的镜片，薄薄的嘴唇微微一张，冷冰冰地说了一句：“祝你前程似锦。”

董小姐像被电了一下，腿上微微一颤，像为提醒总监她的重要性似的，忙不迭地说：“您放心，之前您交代我的那位客户，我已经拜托——”

“放心吧，新人马上就要入职了，”总监打断她的话头，“他们会接手的。”

董小姐无话可说，深深向总监鞠了一躬，说：“谢谢您。”

“不客气。”总监潇洒地在辞职申请上签了自己的名字。

董小姐在某保险公司供着一份五险一金的职位，她每天的工作就是打电话——

“喂，打扰您了，这里是××保险公司，请问是××先生吗，请问您现在有空吗？”

日复一日。上班时机械重复如此的对话，下了班漫无目的地游走在大街上。董小姐显然是不喜欢这份工作的。她走在大街上，路灯霓虹映在她身上，透出一股姜黄色的冷，与来来往往的道外人擦肩而过，随着嘴里呵出的白气，蒸腾出来的是毅然决然，仿佛这个城市与她毫无瓜葛。

这庸俗的生活啊。

董小姐喜欢看话剧，听冷僻的音乐，涂着烈红色的嘴唇，腰系碎花布裙，脚踩帆布球鞋，饮料只喝纯净水，中意的食物是水果蔬菜。刷豆瓣，喜欢笑，更喜欢笑着流出眼泪。香樟“大片大片”的，悲伤也“大片大片”的。闲来时一个人坐在窗台边的地板上，看樱花树在风中摆动。黄昏的雨天，在空荡荡的房间里拉小提琴。去旅行去心碎，去体验那种像断了线的珍珠一般，从眼眶里滚落下来的生活。

这次远行，董小姐蓄谋已久。无奈总监早说了，最近忙得不可开交，要么留，要么走，没有年假。董小姐一是赌气，二是试胆。她倒想看看，总监这话到底几分真，几分假。入职以来，她自问兢兢业业，起早贪黑，没有功劳，也有苦劳。资历年份摆在那里，总监也不得不给她几分薄面。只没想到，如今竟是这般结果。

离职申请顺顺当当地写满了该有的签名。董小姐怅然若失——如今她是自由身了，可该往哪儿去？

背后这高耸入云的写字楼，密密麻麻地布着成千上万个工位，没有一个是她的。回家去吗？家在哪里？隔着十七八个地铁站的小公寓吗？回去做什么呢？上网？刷剧？看文？若如此，跟平时又有什么区别呢？自己狠心辞职的意义何在呢？

去远行吧，去一直想去的地方。她在心里对自己说。去坐火车，去一个素未谋面的高原小城。去看蓝天，去嗅青草，去体验生活。董小姐去买了牙刷、毛巾、拖鞋等必需品，想了又想，最后还是买了一包纸内裤。董小姐早早联系好了一家青年旅社义工的工作，此刻，她从帆布包里摸出钢制打火机和红盒万宝路，倚着铁皮车厢，看着窗外风景如幻灯片般不停切换，塞着纯白色的耳机，在本子上写写停停，字迹如同沸水里摇摆的蝌蚪："坐一趟空荡荡的火车。靠窗。看风景。发呆。舒服。自在。去宁静、温柔、的地方。去哪里呢。哪里都好。"

董小姐陶醉其中——世界如此美好。她满怀着爱与温暖揣度世人，忍不住把眼光从窗外投向车内，想要好好看看眼前这些可爱的人——

对面铺位的大姐半躺着，一边翻杂志一边嗑瓜子，动作娴熟优雅，上下嘴皮一翻，唇尖轻轻一吹，两片瓜子皮飞身跃出，打着旋儿跌落在车厢地板上，看大姐嗑瓜子，仿佛欣赏一台自动脱壳机在表演。中铺是一个学生妹样的年轻女孩，目不转睛地盯着平板，耳朵上挂着耳机，时不时地发出"咯咯"的笑声，笑声清脆而富有频率，像只蹲窝的母鸡，每下一个蛋就发出喜悦的尖叫。下铺几个大叔围在一堆打牌，开始还安静，几把过后气氛逐渐热烈起来，插科打诨，脏话横飞，相互进行神经战，随便拎一句来扔出去，都能把总监气得半身不遂——董小姐想。

俗气！董小姐气冲冲地扭过头来，继续专注于窗外的世界。

列车到站了。她跟随涌动的人群一同出站。

一条素色长裙。黑色坡跟鞋。素颜长卷发。背着一个巨大的旅行包。在人群中很显眼。

阳光下，三厘米宽有着诡异花纹的银手镯闪闪发光。

旅社的老板热心地联系了她，当晚安排了一个房间。从第二天开始，就要做前台了吧。加油，她心想。

次日她在黄昏中醒来，带着倦意看着窗外的晚霞。天边有大朵大朵的积云。夕阳将周边的云朵染得金黄。而远处的云朵，泛着紫色，又由紫色过渡到淡淡的粉。美好的景致霞光带着无限的情意迎接黑夜的到来。

她微微侧目，用手托住脸颊。夕阳不经意地洒落在睫毛尖上，泛出五彩光晕。世界是斑斓的。

旅社的老板上来敲敲门，问她可不可以下去帮帮忙。

她嘟着嘴说，我饿了。

老板笑眯眯地看着她说，姑娘，你要不干活，晚上没有饭吃哦。

总监再刻薄，总不至于不让他们吃饭。董小姐的人生里没有扫地、清理厕所、被人骂过、端茶送水等经历，在她到青旅之前，在脑中已经描述了各种美好。到了之后才发现，每天要像正式员工一样工作十个小时，可能就是完全扫地、换床单被套，没有真正的情怀在里面，只是廉价劳动力。

当然，就算有情怀在里头，仍然只是廉价劳动力。

于是董小姐又想到了另辟蹊径。

青年旅社的老板是个戴着眼镜和军帽的中年人，董小姐有意的试探从第一封寄出去的邮件开始，知道他的妻子腰上的肉，知道他想做一个诗人。成功的婚姻各有各的成功，失败的婚姻却大同小异。

董小姐一边扫地，一边同老板三言两语地聊诗。她干保险五年，专业知识没多少，诗词倒背了很多。工作的时候灵魂出窍，是董小姐的拿手本事。这不，老板让她扫地，她却聊起了诗来。二人相谈甚欢，约定休息日一同去外头摄影。他们拿着相机拍下，最繁华的街道，城市里洁净的河流，高楼的阴影，抱着孩子的男人。她说：他们是城市的生命。我喜欢把最强盛的回忆定格，可是你知道，这个世界之所以我们知道强盛，是因为脆弱的已经产生了。然后她笑，纵情的，声音响亮，高调，动作夸张。

入夜的酒吧，她喝了很多杯克罗娜，然后一支一支地抽烟。然后她喃喃道——“什么时候可以安定下来，可以不再行走。”

旅社的老板避开她的目光，因为他知道那双眼睛会灼烧自己。

真美，两个人间的一来一回，一颦一笑，暧昧，以及克制，都美，可惜这个故事本身真挺无聊的。老板娘发现他们在床上的时候，她随手拿起床头的台灯砸在了董小姐的脸上。

鼻青脸肿的董小姐就这样回去卖保险了。

你说你喜欢旅行，喜欢摄影，想去学小众的乐器和调酒，想要海藻般的长发想要养小猫和小狗。哪一样不是钱？那种早班飞机赶火车的和所有口音浓重又热情得不得了的陌生人挤在一个车厢里的一切意兴阑珊的远走，是脑子秀逗了。一句世界这么大我想去看看然后休学辞职去旅行？真是脑子秀逗了。

记得红楼里的贾宝玉，要先中了举人才出家。——所以，总要干点世俗意义上的正经事，才能放心地虚度后半生。

蠢事不要再做。

年轻不是资本，年轻又好看，又聪明，才是。

1.

从今天早上刮胡子把脸划破开始，我终于意识到，这一整个3月，我都处于“不宜嫁娶，不宜出行，不宜驾车，不宜搬家，不宜动土，不宜丧葬，不宜纳财，不宜立券，不宜沐浴，不宜睡觉，不宜吃饭，不宜考试，不宜开Word文档，不宜BBQ，不宜高兴，不宜哭泣，不宜活，不宜死”的上上凶大大霉之中。

不过还好，3月马上就过去了。

2.

那些年回国，除却每年都见的几个人，还多了几张久违的面孔。没有虚伪的客套，没有矫情，虽然大家都不再像高中时那样青春年少、豪言壮语，在举手投足、言谈举止间免不了带出那么些成熟味，但在这样的寒冬里，这样陌生而又熟稔的感觉还是让人感到温暖。

不是没有感慨的。尤其当话题不可避免地从社会转到生活上的时候。年纪越大，单身的同学总是被带着善意的好奇关心着。单身的状态好吗？或许真的因人而异吧，反正对我来说孤单是很可怕的，至少目前是。

我有一个学姐，从悉尼读完研究生回来拉着我回母校，她指着操场上奔跑的少年对我说，你看他们多年轻。她刚刚与她本科和研究生在一起六年的男友分手，回到这里。

我还有一个学姐，她说，从前也是喜欢写文章听摇滚的阴郁男孩的。但是现在越来越只想和穿着大花裤衩子夹着冲浪板踏着浪花徐徐走来那种傻白甜组建家庭。家里有一个神经病就够了，我要孩子他爸阳光无害。

年轻，真是个浪漫的现实与残酷相结合的词语，在一系列的爱与自尊，包容与鲜血中，化成了伤疤上的一朵朵鲜花文身，开在血与爱之下的花。

3.

我的青春，过早地老去了。

塞满万能青年旅店的索尼耳机和写满自己名字的死亡笔记本，戴着iPod从家里跑到学院路再跑回来，父亲强行报了英文补习班。我没有青春。

时间从来没有把少年磨砺成温暖的男人，躲在被窝里看张爱玲王小波，读一些别人读起来晦涩牵强的文字。背上行囊到处乱跑，拿起头二十年的人生时光，出一本贩卖苦难或者坚强的心灵鸡汤。

各种怀念青春的微博，长得好看的人才有青春——实在好笑。大根说青春从来只分成有钱青年的青春和普通青年的青春。高中时期最受欢迎的男生，一定是家境优渥的类型，只有他们才会穿新款的名牌运动鞋，烫台湾男星同款的发型而不是推成平头，早早学会刮胡子喷香水，冬天穿帅气的大衣而不是羽绒服，也因此才能成为人群中耀眼的存在。女生议论起他们时也满怀憧憬："他家里很有钱哦！"家里有钱的话，成绩差也没关系，毕业以后尽可以送到英国美国澳大利亚；而普通家庭的少年，如果高中时比起读书更在乎白衬衫和咖喱水，多半是读一所偏远的九流大学，打完四年的LOL，父母竭尽全力在本地安排一份低薪而稳定的工作，相亲结婚，身材发福，过早地变成中年人。

生活里所有的问题，归根结底不过是一个钱的问题。

高考完的第二天，望着久违不见的蓝色天空，感觉自己闭关千年终于从狗修炼成了人，流下了激动的眼泪。曾经班主任在班上给我们放过一部纪录片叫《高三》，讲的是福建一所普通中学一个高三毕业班。看到他们满怀希望的样子，最后片尾出的字幕里一行行的复读名单的时候就忍不住矫情地泛泪花了。被左右却以为能选择的命运。片子里面他们着了魔一样生活，喊着口号，太悲怆了。经历过了以后我才觉得那种压抑和苦闷真的很可怕，这辈子永远不要再来一次。我觉得我们高三以前不是人，是考试的机器。而那时候我们的人生就像仙人掌，插哪儿都能活。

可是呢？高三之后，那个记事本里的东西，也许直到现在都还没有看过，那个专门记录好小说、好电影名称的本子，如今就放在我面前的柜子上，早已经落了灰，太久都没有翻开过，里面的当年当作天边启明星的名词，早就已经不当回事了。再也没有当初那股子世界只对我打开一个小窗口，于是我每天就只能守着那个窗口活着的感觉。我的生活里少了盼头，多的是疲于应付。

4.

还是会梦见当初的你，不会说好听的话，下雨天骑单车呼啸而过的你的盛夏。捧着历史书挡着脸的初吻，在我最灰头土脸的时候义无反顾地向我奔来。醒来的时候手脚早已冻得没有知觉。我告诉自己，总有一天我不要如此狼狈地生活。只是在我碌碌无为的这些年，或快乐或悲伤，或感动或绝望。都没有遇见谁能够像你一样，一颦一笑，都投我所好。

每个人的青春都会苍老，但总是抱有期待并付诸努力，未来才会真的好一点。死不了就去赚钱，去健身，去看那些买回来却积了灰都还没看完的书，去写记在本子里的大纲，去吃早餐，去看演唱会，去见喜欢的人。

我死不了。

为什么你还不够好？是因为你不够想要掌握自己的生活和未来。

沉迷在浅薄的快乐中，期待命运降临的未知感，怀着远超自己能力所及的幻想，心存侥幸，自我麻痹，害怕失败，停滞不前。

PART 4.

送你一颗原子弹

旧情人不应再见，老船票不该翻新。当年没有登上你这艘破船的我现在可能在坐飞机，而我如果那时拼命爬上你这艘漏水的泰坦尼克，举案风雨齐眉平淡，经历冒险经历受伤，划过千层冰川，看破万丈海浪。最后，死了。

不爱

在寂寞时想起一个人不算思念。

在热闹时想起才算。

3月。林可和朋友们凑在小厨房里做饭，笑语晏晏，其乐融融。她尽量想装作快乐的样子，似乎什么忧愁也没有。

但林可的眼神是涣散的。蒸鱼时，错把装醋的瓶子当作酱油，呼啦啦地泼了上去。

这当然不是林可第一次被放鸽子。这段日子，和男友的见面变成一件困难的事。他要赶工程，要忙着打点运到中国的红酒订单，这些事挤掉从伯明翰到利物浦短短一个半小时的车程，所有的细枝末节都昭然若揭。可林可只有二十一岁，她懂不了，也拒绝去学。和大多数年轻人一样，一边伶牙俐齿，不知天高地厚，觉得自己从来不可能在感情里当Loser；另一边又小心翼翼，惴惴不安，生怕自己变得咄咄逼人，丢掉分寸。但伏笔其实埋藏了很长时间，为什么总是不接电话？为什么不想见我朋友？为什么总是偷偷摸摸地玩手机？这些事你不会细想，也不敢细想。你脑海里重复的，是自己的格子衬衫、滑板鞋、绒线帽子上不上得台面，半夜抱着你说 “I am so lucky to have you”，在妈妈面前介绍自己，他妈妈开玩笑说“you guys gonna make a really cute baby”。对的，这些事情在脑子里反复萦绕，它们在你呼吸不上来的时候偷偷安抚你，总是有余地的，总是有原因的。

二十一岁的时候，耳鼻眼口的功能都在顶峰，所有的感官刺激都会被放到最大。林可不停地查询他的Whatsapp的登录时间，重新下载交友软件看他有没有在用，去Facebook看他的回复，然后一条一条点进去看对方账号。最后在那个交友软件上发现他的一个Facebook评论者，对方离林可五百米之内。

林可有些心慌。于是她第一次主动在社交APP上与别人打招呼，寒暄后，林可说自己刚来英国想交朋友，问对方有男朋友吗。她说有一个异地的国外男友，然后林可说，我好想看看照片哦，是的，发这句话的时候，还在幻想有别的结果出现。

可当别人发来自己男朋友的照片时，二十一年的尊严易碎得像片咸趣饼干，林可盯着那张照片很久，大脑搜索其他的可能性。林可克制着自己，扔过去个笑脸，说，蛮帅的。出门在走廊遇到朋友，抱着她哭了好久，她跟着林可一起哭，问林可这可怎么办啊，是的，二十一岁的我们，还在徒劳的于事无补。

起初当然是恨，然后是委屈，然后是想不通，最后是自我怀疑。用大脑所有的区域一遍遍地把所有事从头至尾想一遍，再倒回去重复回忆。

就像所有刚开始谈恋爱的人一样，林可犯过所有谈恋爱的大忌：还没初吻便在害怕失恋，不停地询问你爱不爱我，分开时黏人，在一起时却紧张得想逃离，每天重复不停地说情话，哪怕当时英文差到要重复一遍才能说清。而他，他如同第三者般，冷眼旁观，洞若观火，看穿了一切林可的爱意，却没有任何回应。他轻易地掌控了对方的情绪，冷静决定对话的走向。每天林可都生活在不安和不信任里，林可花了很多力气，在他到底有没有和别人同时交往的事上，可是到最后他们仓促地分手，他已经爱上了别人。

到底哪里做错了？到底哪里出现了问题？

是幼稚，是自尊心，是因为月亮天蝎，林可想要报复，二十一岁的林可当然不知道报复其实无济于事，每天幻想着现世报效应，等着老天行雷把这双狗男女劈死。所谓的报复，便是继续在社交APP上和“小三”聊天做姐妹，每天继续装作不知情地对男朋友嘘寒问暖。约“小三”在星巴克见面聊天的那天，林可紧张得不得了，还专门在纸上写下自己准备的要问的问题——你们在一起多久？怎么在一起？你知道他是我男朋友吗？记得那天那个女孩迟到了半个小时，真人和照片差不多，年纪更小一点，更会穿衣服一点。伶牙俐齿。坐在林可对面，真的把林可当成了“姐妹”，手舞足蹈地聊着自己的男朋友，那个忠心的，优雅的，老实的，林可的男朋友。

林可问，你们在一起多久了。她的脸微微一红，羞赧地笑着说，噢，三个月了。林可忍着跳动的眼珠听对方说做爱细节，林可问外国人都不老实呢，你不怕他偷吃吗？“拜托哎，他那么老实，肯定不会的，老娘可管得严着呢，要出也是我出好吗？”坐在林可对面的那个人，说这话的时候做着diva的手势，多么熟悉，一个自信的，自命不凡的，以为一切掌握在自己手里的十八岁的自己。

林可回到家给男朋友发短信，大摊牌，让他去选择，他打来电话，在电话那头说对不起，说来利物浦说清楚。过两天林可见到他，他坐在林可的床上不停道歉，当着林可的面删掉了交友软件和第三者的联系方式，说到后面他开始哭，撸起袖子让林可看新文身，右胳膊上写着很大的“there is a new land between you and me”。

分明是赢了啊，二十一岁的林可觉得这就是所谓的手段，所谓的心计。自尊又回来了，骄傲又回来了。我有趣又好看，凌驾西风之上，这辈子还没吃过亏呢，我什么样的人斗不过啊，惹我你就死定了，是不是，二十一岁真的觉得曾经沉迷和自我安慰的那些等害报应，虚幻的价值平衡都是真的。没有求偶的曲折，磨合的酸甜，幻想自己冷淡，低调，直接。寻找坐标，等待时机，毁灭重建，事实却是，过了两个星期，那个男朋友消失得无影无踪，他拉黑了他们之间的所有联系方式，一句话不说地蒸发了。

世界总是这样，你并不是主角，也没有什么自命不凡大快人心的情节，没什么是应得的，也没有什么等价的现世报效应。每个人的生活都在继续，焦灼的，无奈的，黏稠的，荒诞的生活。我所能做的，便是克制和忍耐地心怀感激，劫后余生。

老天没有降下一道霹雳来，他什么报应也没得到。而林可，今晚还要忍着恶心，咽下这一条用醋蒸成的鱼。鱼肉的味道又酸又涩，吃得她几乎快落泪。可林可不知道的是，爱是：早上爱，下午也爱；周一爱，周五也爱；在一起时爱，分开也爱；喝水时爱，流泪时也爱。而不爱，不爱了就是不爱。

199

有了相爱的人，无论独自做什么，都不孤单，不害怕。

陪你结束，看你开始。

物欲

今天下午的心情是不想看书，并想买五块钱僵尸粉玩玩可是又不知道豆瓣哪儿有卖。
窗外太阳好大，晒得人心惶惶。

这几次出来玩儿，朋友们总批评我最近说话飘荡着一股子疾驰的物质的浮躁的没文化的傻逼极了的味道。整理了一点点，你们来感受下。

1.我蛮反对大学谈恋爱的。一群连能不能养活自己都不知道的人，奢谈爱情，真是脑壳坏了。用脚趾头想想就知道有几个是真爱了。不是图钱就是图未来，要不就是图面子，甚至图抄作业。

2.您高抬贵手放过我，千万别每天跑几条街买我最爱吃的豆浆油条，爱我就带我去坐游艇吃法餐。

3.找情人找炮友可不是什么“寻找生活的激情”。想要生活激情不如老老实实去挣钱，有钱的男人永远光芒万丈。

4.如果有一件事你用钱无法解决，没有别的原因，只是因为你的钱不够。

5.如果你真爱一个女孩儿，就应该赚钱养着她，让她读书学油画法语烘焙，陪她去欧洲南极，带她潜水登山开摩托。而不是把她扔去工作往上爬。爬了几年的女孩子，要么小有成就却带着戾气和冷血，要么很Loser成天哀怨格局不大目光短浅。那些讲共同努力奋斗共创美好未来的愣头青都是假的，有钱了他们跑得比谁都快。

6.你对我没有利用价值，那我凭什么要讨好你?

7.如果你男朋友口口声声说爱你却还要和你平摊房租水电下个馆子都要AA的就赶紧甩掉他，能从这里看出爱的，都是神经病。

8.有点格调，别一天到晚把卡地亚LV香奈儿这种烂大街的牌子挂在嘴边。我家门口卖菜的大姐就拿着路易·威登的手袋装钱，在我们这种十八线城市冒牌LV爱马仕随处可见各种三六九等的人都用。所以每当看到二代们拿着跟我家门前卖菜大妈同样的包包时真是差点就要忍不住笑出声。

9.祝你早日活到在面对“快乐的源泉”“活着的意义”以及“自我价值的体现”诸如此类问题的时候脑子里的答案只有“钱”的心理年龄。

10.用多少快乐也换不来金钱。

11.我会和你在一起必然是图点什么的。是能在你身上捞到钱，还是能踩着你往上爬？

12.那些干坐着不动又一天到晚嚷嚷着想谈恋爱想傍大款的人简直丧心病狂。还真以为会遇到个不管你有多不好都愿意包容你一切缺点的人啊？如果你不努力不学习不变得更好人家凭什么要喜欢你。连这种基本道理都不懂那就活该单身到现在。

13.平庸可不是什么认命，认命多帅啊，“我们家就是这么有钱男朋友又帅又对我好，我认命了”。这才是认命，特有范儿。所谓平庸，其典型特征之一就是先妄自尊大地不认命，然后再过分恭顺地认命。

14.传那些又酷又美的姑娘闲话的姑娘们，她们要么不美，要么不酷，眼前生活无趣，将来日子无望，是平庸人类的样本，因贫乏而痛，但无力自救。所以有那个时间把日子过成没钱版的Gossip Girl不如多读书多努力让自己变得更好。基佬同理。

15.我才不要和你们这种每次出去玩都要我付钱的人做朋友。

16.世界观相近的人才可以走到一起，朋友说她的人生目标其实很简单，就是想嫁一个得了绝症，没有后代的富翁平平淡淡地过一辈子。而我说，这辈子只想做一个普普通通的有钱人。

17.你的生命中就是太缺少这样用惯性的思维以为钱可以买到一切解决一切的男人了。那些矫情的黏糊糊缠住你不肯离开的爱情观是怎么回事？要分手你给我一百万我分分钟滚出你的世界。

18.你们这些相信真爱就是无悔卑微倔强的人就是飞蛾扑火，但我把你拉出来也没用，不如一脚把你踢进去，烧一烧出来就会重生。我从来不会害怕朋友受伤，就等着你清醒的那天请我吃饭。

什么矫情做作小文艺还是歇了吧

2012.12.31

当一切都已经无法回头的时候，爱的路上只有你自己。

二

一年过去了，我们又有了各自不同的经历和对人生的想法。
这样真好。

1.远离一切消耗你的人。

2.刷存在感其实是最深的自卑。别人眼睛一闭，你就以为自己不存在。

3.在海滩辨认中国留学生的办法是：他们从来不下水。穿着比基尼上仰四十五度咔嚓，或者，彼此咔嚓，上饮料咔嚓，上菜咔嚓，洗手间的镜子前咔嚓，床头闭眼装睡，右手高举手机咔嚓。然后发一百张相似角度的照片到Facebook上讲一句类似“I like this country. It so beautiful, make me cry”的英文。

4.我觉得我身边所有的中国女生都是一样夸张的大美瞳和厚底鞋。聚会、吃饭、唱歌各种社交越来越没意思。说着差不多烂的英语，秀着差不多烂的人品，卸了妆一样丑。

5.我们都是两手空空而来，最后两手空空而去。可是中间这几十年的人生里，有人已经把自己经营成了一本丰厚的书，有人依然是一沓白纸。

6.身材长相家世学历决定开玩笑的尺度。

7.大部分爱喊口号下决心的家伙最后都没有如愿以偿。嚷嚷着要减肥，咧咧着要早睡，结果到最后大抵都是一个样。真正够狠的都是那些闷声发大誓，不显山不露水但在心里咬牙暗想“你们且瞧着吧”的人，一声不吭就把事儿给办了，该瘦瘦，该富富，该牛逼牛逼。只一句：看到别人比我过得好我就不高兴。

8.挑家价格昂贵的医院划两刀整出来的性感不是真正的性感。不如多去看两本好书或者学点新技能充实一下大脑。这都21世纪了，网红脸都可以批量生产的年代，聪明和有趣才是定义性感的新标准。

9.如果你正在被霸凌伤害或者排挤，运用你所有的智慧才能，以及任何机会，高考，出国留学，离婚，辞职，跳出这个怪圈。从来没有一个人的尊重和平等是依靠示弱或者博取同情得来的，想尽一切办法去努力变好。当你回过头来看到曾经伤害过你的人正在巴结你，你就会一笑置之了。

10.饿了爬起来喝碗减肥茶再睡，背英语背累了就赶紧做道数学题放松心情，不够好看学门乐器博览群书想办法用才华弥补。物竞天择适者生存啊朋友们。想法这么简单又不肯努力奋斗，丢到社会上是要被吃掉的。

11.到了该磨皮的年纪，轰轰烈烈不如平静。

12.长得好看的人才能说自己璀璨夺目啊，那些个长得差的是璀璨夺命吧。

13.十二点钟以后不睡觉的人不一定是有故事的人，还可能有病。

14.谈恋爱又不是做慈善。

言多必失，多说多错，不如不说。

2013.12.29

在寂寞时想起一个人不算思念，在热闹时想起才算。

世故

二

一些想法逐年改变，从前欢喜而不肯舍得的，如今都舍得了。想和那些赴汤蹈火的青春岁月说滚犊子。

1.我喜欢别人带着目的来接近我，看得出我有利用价值的人都是聪明人。我喜欢和聪明人玩，因为能被我看出是所谓聪明的人，一定玩不过我。

2.不把自己的刻薄当真性情。如果老天没有给你一张让大款嗷嗷在你身上砸钱的脸，还是平和大方的好。

3.人失去灵气变low的开始就是天天发朋友圈。

4.小姑娘才和你谈工资，老姑娘都是聊资产的。

5.不管玩到多迟回家也要一丝不苟地敷脸洗澡喷雅漾。早上豆浆晚上燕窝一样都别少。再穷不能穷保养，再苦不能苦自己。

6.结婚伤灵气。太年轻结婚，柴米油盐酱醋茶婆媳争吵带孩子会把你所有的才华消耗殆尽。不做内分泌失调的三姑六婆，学着和自己独处。当你觉得孤独没有那么可怕，甚至开始享受孤独的时候，你就会觉得这真是太好了，非常上瘾。谁都想遇见灵魂伴侣，可是如果遇不到，宁愿和自己相处，起码自己不会为难和恶心自己。

7.最好的分手应该是互道一句保重就转身离开，不多废一句话，不解释不矫情不挽留不回头。要走就走不需要你解释从什么时候开始不爱，也不想听你是不是也难过，分手最好的方式是短信分微信分电话分。出来见个面坐下来谈分手还带解释一堆理由的，都是在找难看，都是往别人脸上呼巴掌，是鞭尸。

8.女孩子千万别觉得自己长得好看就可以不多读书，男孩子千万别觉得读书厉害就可以长得丑了。

9.这世上很多东西，是你不去强求，就不会给你的。所谓不争，就是坐着等死。

10.一切无聊的饭局都是在堆积卡路里，以后除了那种“吃着吃着能在饭里吃到一颗求婚戒指”类型的约会，其他的一律不去。

11.人情世故这种事儿，既然无法成全所有人，还是成全自己好了。

12.一万个冷屁股也不能冰镇你的热脸，你就要想想自己到底怎么回事了。“义无反顾”这种事是有年龄限制的，适当的年龄做会特别动人，过了那个阶段再做，只会显得蠢。

13.“告诉我熬夜不长痘痘黑眼圈法令纹的方法。”
“美图秀秀。”

14.不喜欢和轻浮的人做朋友。更不喜欢别人跟我抬杠，抬杠太傻逼了，内心瞧不上就行了，不用说出来，因为我也不听你的。

15.不求回报的爱不叫爱，叫犯贱。

16.我捧你的时候你是杯子，松手的时候你就是玻璃碴。

17.你是哪种磁场的人，就会吸引和你契合的人，你的同性朋友，异性朋友，爱人。最后能和你保持稳定关系的，一定是能量契合的人。而那些误打误撞走在一起可是磁场相斥的，都要离开。

18.“生活有时候就是太不可爱了。”

“没关系我们可爱就好。”

19. - Will you still love me when I'm no longer young and beautiful?

- No.

2014.12.24

悲秋

不做伤春悲秋的人，诗歌都是骗人的，坚持唯物主义。矫情逼往往是屌丝，还是书读得不多的那种。

1.请微信发一堆材料过来给你义务翻译，或者是找你做题的同学长点脑。大家天南海北一起出来念个书而且回国根本不会有交集。眷顾你是看心情好坏，不眷顾是理所当然，和您真的没有熟到那份儿上。

2.勇于退出一切消耗你你却无法从中获利的人际或事局。不论干啥事儿，不挣钱都是扯淡。不勉强，也不凑热闹。好男儿当有一份拿得起放得下的情怀。

3.分手，辞职，绝交的大多数时候，选择默默淡出彼此生活就好。撕破脸太难看了，抬杠太傻逼了，大可在内心瞧不上，不必说出来。朋友圈该点赞点赞，见面该打招呼打招呼。社交手段是一回事，会做人又是另一回事。

4.内心里不要原谅那种打你一巴掌然后唇红齿白言笑晏晏地说“哎呀人家跟你开玩笑呢亲”的贱人。该捅一刀的时候还是要捅一刀。

5.要么无视，要么踩死。

6.“日子不好过。”
“能死吗？不能死就继续。”

7.看不懂书就骂翻译似乎已经成了部分四六级过不了的青年抬高自己的方式。其实。有些书本身就不好，有些书需要认真读，还有些书本身就不是写给所有人看的。当然这些都不是问题，问题在于，你们从来不买书。钱都拿来玩去了，出版社还没来骂你们，你们骂个蛋。

8.以后记得别拿真心换狗屁了。

9.有什么隐私，有什么破事儿，打碎牙往肚子里咽。不要像傻帽一样抬着到处说，更不要微博人人朋友圈顺着更新一遍。留学圈子小却庙小妖风大，池浅王八多。出来混了不会不知道很少有人会在你落下去的时候拉一把，大部分都是背后把你当作谈资，什么都没有独立自强重要。再难过哭完也要化个妆再出门儿啊姑娘。

10.千万不要低估旁边的人，别总以为自己是人精。其实一圈玩下来就发现自己充其量也不过是个人妖。

11.是一个人感受的丰富性，而不是发生在他生活中事件的密度，决定他生活的质地；是一个人的眼睛，而不是他眼前的景色，决定他生活的色彩。没有无聊的人生，只有无聊的人生态度。

12.“生命像海浪一样有时高有时低，你是否告诉自己坚强度过各种时期？”宋岳庭十九岁时因朋友栽赃而入狱服刑，在监狱里写下这样的歌词。在那样的年纪能有这样的观点，真了不起。

13.为什么出国还要和中国学生一起玩？外国学校华人圈子的氛围大多都是攀比炫富撕谈鉴婊，你爸妈一年花那么多钱让你出国不是为了让你在国内和中国人说中文出国还在和中国人说中文。除了表意不明的傻瓜英语和智商捉急的为人处世，你在他们身上学不到东西的。

14.希望大家不要做到宠辱不惊。只做到对宠不惊就好，被辱时该还手就还手。

15.失恋的人逻辑都很严密，哪怕旁人吐几升血告诉他不值得死缠烂打，要放下过去重新寻找幸福，到头来他们都能证明给你看他的爱情本来是可以永恒的。永恒你大爷。

但行心事，莫问前程

2015.12.29

Maison fondée à Paris

不谅

1.依旧看不起在一棵树上把自己往死里吊的痴情逼。

2.狼狈不是在图书馆熬夜看书第二天憔悴的脸，狼狈不是控制生活费每一笔写下的记账单，狼狈不是泡健身房乌青的腿。狼狈是终日无所事事消耗时间，是在其位不谋其职。有梦想在路上的人永远不狼狈。

3.我所看到未来的一切都像是shopping mall里明码标价的鞋子或名牌包，它们躺在橱窗里，皮料切割平滑裁剪精确，logo的字母夹角处无懈可击，在汇率的符号后跟着数字与长串的零，我知道我付出多少能换来什么，我知道只要付出就一定能把它拿到手。

4.在我短暂的人生当中有过几次求人经历，不是过程异常痛苦就是结果非常难看，所以还是求己好了。

5.其实真的没有什么夸张的野心也没什么浮华的梦想，攒够一个亿的存款此生便足矣。

6.放不了的手，就砍了吧。

7.不逼自己一把，就会发现，一把根本不够。

8.这个世界上，只有年轻能比金钱更加迷人。

9.看了一天淘宝，总结了一下2016年秋冬最新潮流趋势：瘦。

10.看了一天星座运势，总结了一下2016全年最易脱单星座的综合特点：有钱。

11.我相信世界的公平在于每个人在出生时都会得到相同数量的柴火用于生命的燃烧。最聪明的人，用长生不老的眼光，看着一个个人烧了青春发了点光，看着他们还美着。然后用一寸火苗燃了支烟，顺了气和万物一同吐纳呼吸。

12.想要做一个妖艳的贱货，颠倒众生倾国倾城地作死，家里良田万顷成日无所事事，带着奴才上街找乐。心情好就在家给门当户对的有钱娘子煮好吃的。一辈子只在十丈红尘和金银细软里打滚。

13.人生大起大落全都反映在家里的电子秤上。

14.肥胖是爱情的坟墓。

2016.1 THE END.

Je Táime

后记

亲爱的远方

228

HELLO你好，我是进宝。

O型血摩羯座。

我一直有许多古怪的想法，过段时间我就要来你那里读书了。请多多照顾。

我好像还不太了解你，第一次听到你的名字还是因为喜欢的乐队告诉我他们出生于你的边远小镇。听说你有海，你有风，你像一个童话。我从来没有，被飓风卷起，被海浪吞噬。在我的世界里，云絮或清风、柔波或弱柳，仿佛一切自然的馈赠来到我的身旁，便轻声细语，蹑手蹑脚，除非等我惊喜地发现，否则永远不声不响，温存相伴。

可能我会，在你那里遇到可爱的人，听到好听的歌，吃到不一样的食物。

我时常在想赚钱和读书是为了什么，赚钱可以让人生活得体面，但读书才能让人具有消化不幸和痛苦的能力，当坏事降临时，不走极端，仍然相信人类，有力量对抗和有信念挺过难关。

不管你是谁，你在哪里，谢谢你读完了这本书。如果有一句话，或者一篇文章打动、温暖了你，我都是感激的。

这本书的大多数文字，是在我半生漂泊的聚散无常、相逢别离中自眼泪幻化而来。留学最吸引我的，是无限种可能，我不知道自己若干天若干年后将会在哪里。

写这本书的大半年，几乎是生活的最低潮。一直觉得自己是一个怯懦的人，但也愿意相信，在任何时刻，自己都有从零开始的勇气。马上又要出发，心里有对新学期的期待，有对家人的不舍，看着我妈昨晚在收拾行李的时候偷偷抹眼泪，现金支票，转换插头。这个要收拾那个要准备，一头乱绪。

好像到了年末大家都过得不太好，天气越来越冷心也越来越冷。看到一句话，说出了我这半年来的荒凉心声。送给你：人如浮萍 ，哪有那么多可以选择，谁不是身不由己，举步维艰，走到现在。所以如果难得遇到，希望不要因为外因，放弃自己喜爱的事情和喜欢的人。记得坚持，

230

唯有坚持。

今年回福建了，我爸来接我。今年他的白头发又多了，穿的还是去年我给他买的风衣。从前总是埋怨他老旧的消费观和市侩的价值观。今天有一个瞬间我突然明白，许多事赖不着父母，只能赖我们自己不会赚钱，总是索取却不曾创造过一分财富。想要快点毕业快点挣钱，然后让他过得特别特别好。

我会勿忘初心，背上行囊。
除了我自己，不相信任何人。

2016.3.31

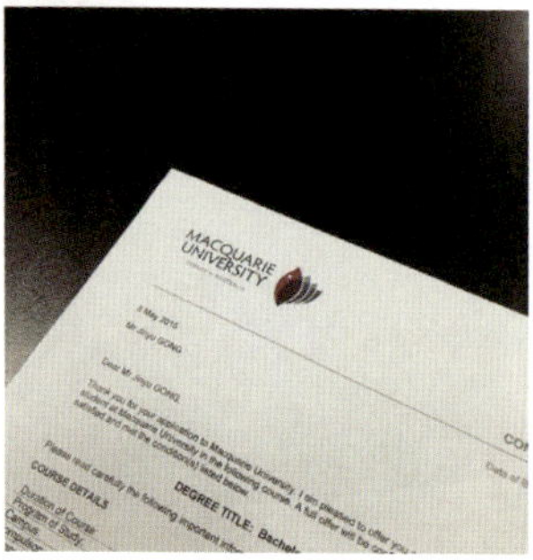
MACQUARIE UNIVERSITY
DEGREE TITLE:
COURSE DETAILS